#2017

LA PART DES ANGES

DU MÊME AUTEUR

ROMANS

Caramelle,
Éditions Bernard Barrault, 1989

Au Petit Marguery,
Éditions Bernard Barrault, 1991

Le Roman des quarks,
Éditions Julliard, 1995

La Paresse de Dieu,
Éditions Julliard, 1998,
Grand prix de littérature policière

Je ne veux pas être là,
Éditions Julliard, 2006

Le jour où j'ai voté pour Chirac,
Éditions Julliard, 2007

Le Tournevis infiniment petit,
Éditions Julliard, 2008

SMS,
Éditions Julliard, 2009

Mon pire ennemi est sous mon chapeau,
Éditions Julliard, 2012,
prix Albert-Bichot

J'ai sauvé la vie d'une star d'Hollywood,
Éditions Julliard, 2014

Naissance d'un père,
Éditions Julliard, 2016

THÉÂTRE

Les Femmes de la Petite Couronne,
Éditions Lansmann, 1995

LAURENT BÉNÉGUI

LA PART DES ANGES

roman

Julliard

ISBN 978-2-260-02979-3
Dépôt légal : septembre 2017

Au marché, au marché
Tu peux, tu peux tout trouver.

Henri Dès (chanson)

Le visage de Maxime s'inscrivit sur la vitre baignée de soleil, au sixième étage d'un immeuble haussmannien du centre de Paris. Âgé de trente-cinq ans, il portait le cheveu ras et l'ombre d'une barbe soulignait le caractère attentif de ses traits. Un téléphone portable plaqué sur l'oreille, le regard perdu sur les toits qui s'étendaient en vagues grises jusqu'au pied de la colline de Montmartre, il écoutait, immobile. En entendant son interlocutrice vanter les avantages du cercueil « développement durable », il ne put retenir un sourire, même s'il s'agissait d'étendre sa mère dans la bière en question. Côté durable, il ne trouvait rien à redire, l'éternité l'était on ne peut plus. Mais côté développement, c'était une autre histoire. L'arrêt de la vie brisait les liens, elle infligeait un silence et une invisibilité immuables, et serrait déjà son cœur, au-delà de toute analyse, déployant son hiver à plusieurs centaines de kilomètres de distance.

— On n'y pense pas, mais un cercueil traditionnel, c'est un arbre abattu, plaidait la directrice des pompes funèbres. Le *Viride*, lui, est entièrement conçu avec des matériaux recyclés. Les colles et les peintures des finitions sont d'origine végétale. Tout est cent pour cent biodégradable...

Y compris le contenu, pensa Maxime, gardant pour lui la remarque, au risque de passer pour un provocateur insensible. Il n'y pouvait rien, quelles que soient les circonstances, la cocasserie de la vie s'imposait à son esprit sans crier gare. Souvent, il aurait préféré ne pas appréhender la réalité au travers du prisme de cette imperceptible vibration de la raison. Ce jour-là, par exemple, alors qu'il venait d'apprendre le décès de Muriel et qu'il devait organiser les funérailles depuis Paris. S'il y avait une situation à prendre au premier degré, c'était bien celle-ci, mais il s'agissait sans doute du plus ancien et aussi d'un des plus précieux legs de sa mère. L'ironie est la semelle qui piétine le malheur, le bras tenu à distance de l'épaule du désastre. Au prix d'un sourire, on poursuit sa route. Et parfois même avec plus d'élégance.

— C'est également moins onéreux que les modèles en chêne ou en acajou, ajouta la conseillère funéraire, prenant le silence de son auditeur pour une hésitation d'ordre matériel. Après, cela dépend aussi de ce que vous envisagez pour votre maman : inhumation ou crémation ?

Maxime recula de quelques pas et le reflet de son visage s'estompa, absorbé par la couche d'air entre les deux vitrages où s'étouffaient le bruissement des frondaisons et le frappement des pas sur le trottoir. Ils avaient tous deux manqué de courage pour aborder le sujet, quoique, entre le moment où l'espoir avait encore sa place et celui où la maladie avait privé Muriel de son libre arbitre, il n'ait subsisté qu'un court intervalle. Trois ou quatre semaines pendant lesquelles ils avaient été incapables de partager les mêmes priorités, de raisonner de façon synchrone. Lui, informé par les médecins, et elle, ignorant ou feignant d'ignorer la fatalité de l'échéance.

— Non, je n'ai pris aucune décision, lâcha-t-il.

— Si vous optez pour la crémation, il faut savoir que les modèles verts produisent davantage de cendres volantes, susceptibles d'encrasser les systèmes de filtration des fumées.

Maxime massa sa nuque contractée. *Les cendres volantes.* Il n'osa imaginer de quoi étaient constituées celles qui s'amoncelaient. La jeune directrice des pompes funèbres, vraisemblablement multidiplômée, n'avait pas dû faire preuve d'une grande assiduité à ses cours de psycho. Si le commerce funéraire connaissait une crise, ce dont on pouvait douter en observant la marche du monde, elle trouverait toujours à se recycler dans le *stand-up*. Maxime voyait l'affiche d'ici : Arantxa Hirigoyen, des Pompes funèbres du Pays basque, seule en scène dans son nouveau spectacle sur le deuil. Tarif réduit pour les veuves et les orphelins. Succès garanti.

— Le funérarium de Biarritz est compatible avec ces cercueils bio, poursuivit-elle, sans faiblir. Mais, en revanche, les tarifs sont plus élevés. Voyez-vous, les cercueils en bois contribuent davantage à la combustion. Du coup, avec les nouveaux modèles on consomme plus de gaz. Forcément.

— Forcément, soupira-t-il. Je peux prendre le temps de la réflexion et vous dire ça demain, à mon arrivée ?

— On a du stock pour les modèles classiques, mais, pour les autres, il faut compter vingt-quatre heures de délai. Tout dépend si vous souhaitez exposer le corps.

— Non, je voudrais que ça aille vite. Les défilés, ce n'était pas le genre de ma mère. Le plus rapide sera le mieux.

— Alors je dois me renseigner sur les créneaux disponibles. En ce moment, avec l'épidémie de grippe, c'est un peu tendu...

— Je vais prendre un cercueil en chêne, coupa-t-il. Comme ça, ça marche quelle que soit l'option. Après on verra bien.

— Parfait. Dans ce cas, nous avons plusieurs modèles...

— Le plus classique, le premier dont vous m'avez parlé, avec quatre poignées.

— Ils ont tous quatre poignées.

— Celui qui est sur votre site, sur la page d'accueil.

C'était ainsi qu'il avait procédé après que l'interne l'eut appelé et lui eut annoncé que sa mère avait cessé de respirer dans la matinée. Il avait ouvert son navigateur Internet à la recherche de coordonnées de professionnels compétents. Les Pompes funèbres du Pays basque, situées boulevard du Commandant-Passicot, en face de la gare de Saint-Jean-de-Luz, se targuaient d'être à l'écoute des familles et de leur proposer des solutions adaptées depuis plus d'un siècle. Difficile de ne pas en convenir.

— Vous voulez dire le *Parisien* ou le *Lyonnais* ?

— Celui qui ressemble au cercueil de Dracula, maugréa Maxime, en s'asseyant à son bureau.

— C'est le *Parisien*, le *Lyonnais* est trapézoïdal.

— Parfait. Je prends un train vers seize heures et j'arriverai à Saint-Jean-de-Luz à vingt et une heure trente.

— Nous serons fermés.

— Eh bien, on réglera les derniers détails demain matin.

— Dans ce cas, je vais vous demander un acompte par carte bancaire. Au fait, désirez-vous que l'on organise un office religieux ?

— Elle n'était pas croyante, répondit-il en saisissant son portefeuille.

Sauf en l'humain, qu'elle regardait comme une force évolutive d'une puissance et d'une beauté incomparables. Muriel croyait en l'intelligence corrigée par le temps, à l'amélioration de l'espèce par la verticale. Pour elle, les enfants étaient des parents augmentés, même si elle savait que les bénéfices se faisaient parfois attendre pendant une ou deux générations.

— Dates de validité? lui demanda Arantxa Hirigoyen après qu'il eut énuméré les numéros de sa carte de crédit.

— Dix-neuf zéro neuf...

À cet instant, Maxime réalisa qu'il se séparait de sa mère avec autant de facilité qu'on réserve une place de concert. Il sentit une émotion incoercible grandir en lui, et, au moment d'énoncer le code confidentiel au verso, des larmes affleurèrent à ses paupières.

Je n'ai jamais aimé voir mon fils pleurer. Quelle sorte de mère dirait le contraire? Mais pour être honnête, constater sa tristesse éveille en moi un sentiment de tendre fierté. Aucune d'entre nous ne peut prétendre qu'elle n'a pas douté. L'amour qu'on leur donne n'est pas destiné à être payé de retour, cependant quels que soient leur âge et les motifs d'affrontement, on se demande forcément si on accomplit ce qui est bon et nécessaire pour eux, et en définitive quelle place on occupe dans leur cœur. Alors, puisqu'il n'y a guère de moment plus définitif que celui du dernier souffle, j'avoue que je ne suis pas fâchée qu'à cette occasion il reconnaisse que j'ai un tant soit peu été à la hauteur. Et puis moi, je n'ai eu qu'un enfant. Par conséquent son avis compte double. Ou triple. Il est ma famille nombreuse à lui seul. Quand je pense que j'ai failli le faire passer. Je ne remercierai jamais assez ma chère Christina de m'avoir convaincue de ne pas me rendre au planning familial, juste parce qu'elle voulait un petit, elle aussi. À quoi ça tient, finalement ? J'avais vingt-quatre ans quand je suis tombée enceinte et il n'allait pas de soi d'écouter mon amie. Ma vision de l'avenir était celle d'une ligne d'horizon dont chaque brasse vous rapproche et la repousse d'autant. Lorsque je réfléchissais à l'âge que j'atteindrais en l'an 2000, le chiffre de quarante-trois éveillait en moi une réaction moqueuse et incrédule. La même qu'en voyant un type dans la rue se prendre un poteau dans la figure. À cette époque, la pilule contraceptive était au point, l'IVG légalisée et personne ne parlait encore du sida. J'en ai bien profité, et il m'est arrivé plus tard de penser que nous avions été la génération bénie de l'amour. Quoi de plus naturel, finalement, qu'en de telles circonstances me soit venu un enfant ? D'une certaine manière, nous héritons de nos passions, et pour moi ce fut Maxime. À l'heure de lui passer le flambeau, si on me demandait ce qu'il y a eu après l'an 2000, je n'hésiterais pas à dire : la vie de mon fils, devenu majeur au tournant du dernier millénaire. Et pourtant, à la fin je ne me souvenais plus de rien, je ne savais même plus qui il était. Mais depuis que je suis morte, tout me revient, les réminiscences se déploient, s'extraient des ténèbres où les avait reléguées la maladie, confluent en tons purs et reforment des images. Désormais, je subsiste sans incidence sur les événements, semblable à la part d'alcool qui s'évapore du tonneau au fil du temps, et concentre la liqueur.

Maxime observait la silencieuse émission de son billet de train hors de l'imprimante, en essayant de se rappeler combien de fois dans l'année il avait imprimé un tel document. Une trentaine environ. De plus en plus fréquemment, à mesure que s'amenuisaient les forces de Muriel. La première fois, lorsqu'on l'avait prévenu qu'elle avait perdu connaissance en plein milieu du marché, un mardi matin, sous la halle du boulevard Victor-Hugo. Ensuite, la découverte de la tumeur, son trône inaccessible en plein centre du cerveau, et le lent étiolement, jusqu'à l'effacement des souvenirs. En quelques mois il avait vu sa mère lui échapper, puis échapper à elle-même. À soixante ans. Mais aussi, on ne meurt pas si jeune, pas dans un monde qui ne cesse de repousser les limites du dépérissement, pas dans une société où soixante ans est l'âge de ceux qui gouvernent. Maxime attrapa sa valise et la jeta rageusement sur le lit. La nouvelle de la mort de sa mère, en achevant un premier chemin, souterrain, tortueux, menaçait de tout emporter sur son passage. Il s'efforça de se contenir, s'empara du costume en soie sauvage qu'elle lui avait rapporté du Vietnam et le posa à plat sur le lit. Il se demandait comment insérer dans le bagage le vêtement officiel du deuil sans le transformer en un torchon froissé, lorsque la sonnette de l'entrée résonna brièvement. Il reconnut le doigt vif et impératif d'Elena. Hâtive, au point qu'un contact appuyé avec le bouton poussoir soit considéré comme une perte de temps. Toujours entre deux missions, à essayer de détendre les journées, comme on le fait avec le cuir d'une chaussure trop neuve. Même leurs étreintes étaient furtives. Il se dirigea vers la porte et se remémora le chavirement de sa voix, quelques heures plus tôt sa messagerie : « Max... je viens d'arriver au labo et ils m'ont dit que tu avais appelé. Je suis tellement touchée, c'est allé si vite. Si tu as besoin de quoi que ce soit. Enfin, tu comprends. Je suis à tes côtés. Rappelle-moi. » Il ne l'avait pas fait, et maintenant, elle se tenait face à lui, hésitante.

— Tu as eu mon message ? commença-t-elle, doucement.

— Non, mentit-il, en s'effaçant pour la laisser entrer.

— Je suis passée dès que j'ai pu me libérer.

Elle ôta ses chaussures à talons aiguilles et posa ses pieds gainés de nylon noir sur le parquet, imprégnant l'air d'un parfum sensuel, mélange d'une essence onéreuse et des senteurs capiteuses de son corps en continuelle activité. Maxime essaya d'oublier la résolution qu'il avait prise de mettre un terme à leur liaison. L'annonce de la mort de sa mère avait balayé tout courage en lui, y compris celui nécessaire pour blesser Elena et renoncer au plaisir intense qu'il prenait entre ses bras. Depuis quelque temps, sa maîtresse faisait preuve d'une passion débridée, insatiable dans sa volonté de le satisfaire. Il se demanda si elle n'avait pas deviné qu'il s'apprêtait à rompre, si elle ne réagissait pas à la manière des glycines qui produisent une floraison plus profuse et majestueuse qu'à l'habitude lorsqu'elles se sentent en péril.

— Veux-tu que je t'accompagne là-bas ? demanda-t-elle, en se retournant.

— Non. J'ai besoin d'être seul avec ça.

— Viens...

Elle quitta son manteau et l'attira contre sa chair palpitante. En l'enlaçant, en glissant ses mains sous le chemisier, contre la soie nue de son dos, Maxime sentit une puissante chaleur infuser en lui. Nulle douceur, mais une fournaise qui réveillait son corps engourdi et suscitait un furieux désir d'écraser la mort. Il lui parlerait plus tard.

Ce n'est pas la peine de tourner autour du pot. Leur différence d'âge me dérange. Douze ans de plus que lui, c'est à peine douze de moins que moi, et je ne peux m'empêcher de spéculer qu'avec ce choix il recherche quelque chose que je n'ai pas su, ou pu, lui apporter. Alors, bien entendu, je peux comprendre en ce jour fatal qu'il éprouve un puissant besoin de réconfort, mais de là à s'envoyer en l'air, il y a un pas. C'est tout juste s'ils ne se vautrent pas sur le costume que je lui ai fait confectionner sur mesure. Pour tout dire, j'es-

père qu'ils ne se marieront jamais. Je ne souhaite pas qu'Elena dorme dans mes draps, ni qu'elle accroche mes peintures à ses murs, dîne dans ma vaisselle, ou utilise quelque objet qu'il aura préféré conserver au lieu de le mettre en vente sur leboncoin. Quand je pense que toute l'année il a eu la splendide petite Maylis à portée de main et qu'il ne s'est jamais aperçu qu'elle en pinçait pour lui. Maylis Salaberry, ma merveilleuse infirmière à domicile, qui le dévorait des yeux à chacune de ses venues. Même à mon cerveau en compote cela n'a pas échappé. Une jeune femme de son âge, ou d'à peine moins, vive, intelligente, et formidablement généreuse. Personne ne peut en attester mieux que moi. Cent fois, j'ai voulu alerter Maxime. Ouvre les yeux, mon fils, regarde ce petit lot, tellement mieux assorti à toi et plus attrayant que l'autre. Elle, au moins, sa poitrine est authentique. Parce qu'il ne faut pas se raconter d'histoire, même si Elena détient un abonnement à un club de yoga, se gorge de cocktails détox à la première incartade et place le choux chinois au sommet de son panthéon culinaire, en ce qui concerne ses seins, rien n'est d'origine. Ça ne fait aucun doute. Évidemment, nous qui, en notre temps, avons brûlé nos soutiens-gorge, et considérions la baleine comme le fer de la domination masculine appliqué sur notre épiderme, avons eu par la suite les seins extrêmement avachis. Dans les dessins de Bretécher les nanas exhibaient des mamelles de rat et nous étions là, à applaudir le trait, quand certaines, déjà, riaient jaune. Mais aucune d'entre nous n'aurait posé une semaine de congé pour se faire incruster trois cents centimètres cubes de silicone sous le pectoral. Jamais de la vie. Pas plus pendant la mort.

Après avoir goûté une jouissance amère entre les bras de sa maîtresse, Maxime se laissa conduire jusqu'à la gare Montparnasse. Il ne prononça pas un mot pendant le trajet. Il observait le ventre blanc des nuages qui roulaient dans le vent, tels de paresseux mammifères marins, et repensa à leur première nuit, dans la suite d'un hôtel en plein ciel tropical, dominant Singapour et son firmament électrique. Un peu plus d'un an s'était écoulé depuis qu'une filiale de l'Inserm avait mandaté la juriste afin d'assister le jeune maître de recherche dans la rédaction du brevet qui couronnait ses travaux, puis lors de la phase de commercialisation sur le marché asiatique. Durant cette période, Maxime avait été saisi d'un besoin impérieux de s'unir sexuellement, comme s'il poursuivait la vigueur qui s'échappait de sa mère, comme s'il lui fallait forer, fouiller un autre corps. Une quête dont la vacuité avait fini par lui apparaître.

— Maxime ? le rappela Elena, alors qu'il descendait du véhicule, sa valise à la main.

— Oui ?

— Je sais que ce n'est pas le moment. Ou peut-être que si, justement... Je voudrais que tu réfléchisses à une proposition pendant que tu seras là-bas.

— Je t'écoute.

— Je me suis dit que tu pourrais emménager chez moi.

— Avec ta fille ?

— Je lui en ai déjà parlé. Lou a quinze ans, elle commence à vivre sa vie de son côté. L'appartement est grand, on ne se marcherait pas sur les pieds.

— D'accord, je vais y penser.

Il s'avança pour déposer un baiser sur ses lèvres, se demandant s'il se comportait de manière injuste, si elle méritait cela. Mais ce n'était la faute de personne. Des forces supérieures, archaïques, avaient distribué Elena dans ce rôle, sans qu'elle le sache et s'en aperçoive. Sans qu'ils parviennent à s'y opposer l'un ou l'autre.

Anesthésié par le ballottement lancinant du train, Maxime tenta d'endiguer le défilé d'images qui s'imposait à lui, comme si ses pensées elles-mêmes étaient lancées à grande vitesse le long de rails phosphorescents dans la nuit. Les formes pleines d'Elena, parcourues d'ondes de plaisir, formaient un motif avec le corps décharné de Muriel. Elle était si ténue entre ses bras qu'il aurait pu finir par nommer chacun des os de son squelette. Il étouffa un cri, ouvrit des yeux frappés d'horreur, se redressa sur son siège et avala une grande gorgée d'eau à la bouteille. Puis il adressa un sourire qui se voulait rassurant à son voisin de compartiment à qui sa réaction n'avait pas échappé.

Séjour après séjour, Maxime avait étreint sa mère, comme il ne l'avait jamais fait, sans aucune chance de rattraper le retard d'années de pudeur, d'absence, d'éloignement aussi. Il l'avait enlacée pour retenir la vie en elle, impuissant à contrer la mort qui piochait et la délestait un peu plus chaque fois, imperceptible dans les premières semaines, puis vers la fin incontrôlable, lâchée comme une bête goulue. Une semaine plus tôt encore, dans le jardin de l'hôpital, alors qu'il portait Muriel hors de son fauteuil roulant, pour l'abriter du soleil de mai à l'ombre d'un mimosa, il avait senti le vent du printemps peser davantage sur ses bras que l'être au regard perdu à qui il devait la vie. Une fois passé Bordeaux, le train s'engouffrait en rugissant dans la longue entaille des Landes, chassant l'air calme entre les pins. Du puissant choc ne parvenait à l'intérieur de l'habitacle qu'un écho amorti, un chuintement continu, l'œuvre d'ingénieurs, de chercheurs comparables à lui dans leur domaine. Maxime se dit que les scientifiques ne créaient pas un monde meilleur, comme ils l'avaient espéré en s'engageant dans leurs études, mais tentaient de le rendre acceptable, quand il ne l'était pas. En détruisant des forêts, en rasant des collines, en modifiant le cours des rivières, l'homme raccourcissait ses temps de trajet. À l'arrivée, on se transportait aux funérailles de sa mère plus rapidement qu'au siècle dernier. On avait gagné une heure sur l'éternité. La belle affaire.

Aux environs de vingt-deux heures, un taxi déposa Maxime à l'orée de la piste herbeuse qui s'enfonçait dans un taillis de lilas blancs. Muriel avait choisi de ne pas entraver le développement désordonné de ce bosquet pour le plaisir d'en franchir la voûte, à chaque printemps. Trois semaines par an, la bergerie en pierre offrait à ses visiteurs un bouquet unique de senteurs qui atteignait son apogée à l'extinction du jour. La bâtisse était orientée de façon que les fenêtres laissent le jour la traverser de part en part. L'été, on observait dans les bandeaux obliques de soleil les pollens en suspension. L'hiver, de fines poussières de cendre s'élevaient depuis l'âtre. Au nord, la nappe infinie de l'Atlantique tendait un miroir au ciel. Au sud, les prairies d'un vert cru s'érigeaient jusqu'aux sommets émoussés des Pyrénées. L'endroit était splendide, un refuge, niché au cœur d'une nature si prompte à changer de visage dans la journée. Ce n'était pas la première fois qu'il y venait seul, mais c'était la première fois qu'il savait que Muriel n'y viendrait plus.

En ouvrant la porte, en pénétrant dans la grande pièce à vivre, il sentit un froid humide qui s'attarda sur ses joues, s'insinua sous ses vêtements, avant de lui soutirer un frisson brutal. Il garda la porte ouverte, laissa la chaleur résiduelle de la journée s'engager à sa suite, observant sa silhouette, dessinée sur les tomettes par le clair de lune. Rejetant l'idée que son ombre puisse être plus sombre que la nuit, il avança, se rendit au compteur et rétablit le courant. La première chose qu'il vit le terrassa, comme si en repartant après sa dernière visite, dans la foulée de l'urgence et de l'angoisse provoquée par l'hospitalisation de Muriel, il avait choisi d'effacer de sa conscience les traces du tragique événement. Sur le fauteuil basque, à l'extrémité du salon, reposaient la chemise de nuit qu'elle portait lorsqu'elle avait pris feu, le tissu de satin brûlé et dévoré au niveau des reins, la couette et la housse de couette, le drap, roulés en boule, en grande partie consumés, brunis par la chaleur. Maxime se précipita dans la chambre à coucher, où dix jours après les faits, persistait une odeur de fumée. Il ouvrit la fenêtre et les volets, alla chercher dans la cuisine une pelle et une balayette, et ramassa les débris de verre qui jonchaient le sol entre le lit et la table de nuit. Il emplit ensuite plusieurs sacs-poubelle de la literie et des linges brûlés, y joignit le pied de la lampe de chevet et alla déposer le tout à l'extérieur, avant de refermer la porte d'entrée. Enfin, il ralluma le routeur wifi et s'affaissa dans le canapé face à la cheminée dont le foyer inactif lui rappelait avec cruauté ce qui s'était passé de l'autre côté de l'épais mur de pierre. Maylis, l'infirmière qui avait veillé sur sa mère ces derniers mois et avait été la personne la plus proche d'elle, davantage encore que lui, avait découvert Muriel un matin aux environs de six heures, gisant au pied du lit, le dos presque entièrement brûlé, sa faible poitrine émettant un gémissement plaintif. La mère de Maxime avait vraisemblablement tenté de se lever dans la nuit, malgré les barreaux ajustés à son lit. Elle avait dû perdre l'équilibre et tomber en renversant la table de chevet, deux hématomes à ses genoux en témoignaient. La cheminée de verre de l'ancienne lampe à pétrole remontée avec une douille électrique s'était brisée, laissant l'ampoule à nu encore allumée au contact de la couette, qui s'était mise à flamber. Comment Muriel avait-elle réussi à éteindre le feu qui avait dévoré sa chemise de nuit ? Pourquoi le montant du lit ne s'était-il pas intégralement enflammé ? Combien de temps était-elle restée allongée sur le sol, avant l'arrivée de Maylis ? Par quel miracle n'avait-elle pas été asphyxiée par la fumée répandue dans la chambre ? Personne ne le savait. Muriel n'avait jamais pu expliquer ce qui s'était passé. À son arrivée à l'hôpital, elle ne se souvenait de rien, ensuite, elle n'avait pratiquement plus jamais proféré une parole.

Le signal sonore de sa messagerie ramena Maxime à la réalité. Parmi l'habituel foisonnement de spams et les courriels de ses collaborateurs, deux retinrent son attention. Le premier émanait du DRH de son labo qui, avec une délicatesse toute administrative, lui réclamait un certificat de décès, ainsi qu'une pièce d'identité prouvant son lien avec la défunte avant de valider son congé pour obsèques. Le second provenait des Pompes funèbres du Pays basque qui lui confirmaient le rendez-vous au crématorium, sur la route de l'aéroport de Biarritz, le lendemain matin à huit heures. Suivaient une liste d'options à cocher, le devis définitif, ainsi que la demande d'un relevé d'identité bancaire. Il avait voulu que ça ne traîne pas. Il était servi. Après avoir répondu, il déboucha une bouteille de bordeaux dans la cuisine, pressentant que le puissant saint-julien serait un allié pour trouver le sommeil. Son appétit s'était réveillé brutalement, lui rappelant qu'il n'avait rien avalé depuis le matin. Il jeta une poignée de spaghettis dans une casserole d'eau bouillante. Au cours de la soirée, il vida la bouteille, laissant l'effluve évoluer jusqu'à la dernière gorgée, relevé d'une note d'épice et de cuir, dont il garda le souvenir en bouche de nombreuses minutes après avoir bu.

J'observe le sommeil de Maxime, qui semble paisible, comme je l'ai fait des milliers de fois de mon vivant. Il s'est allongé dans la chambre d'amis, sans prendre la peine de se dévêtir ni d'occulter le Velux. Dans la nuit pure et le déplacement imperceptible des constellations, l'ombre de la bergerie se mêle peu à peu à celle du cerisier noueux. Les distances semblent abolies, les heures passent, et mon dernier jour sur terre se termine, ensemencé par la voûte céleste. Au loin, le halo lumineux de Saint-Jean-de-Luz offre un écrin au demi-cercle parfait de la baie. Je me demande ce que fait ma jeune infirmière. Maylis réside en ville, derrière l'une de ces vitres qui scintillent, et je doute qu'elle parvienne à trouver la tranquillité ce soir. Je donnerais beaucoup pour la revoir, elle aussi, mais depuis que mon corps repose dans un tiroir glacé de la morgue ma connaissance se limite à l'environnement proche de Maxime. Comme si les entrelacements créés lors de son séjour dans mon ventre n'avaient jamais disparu. Amarres invisibles de nos deux chairs mêlées, si subtiles qu'on ne peut les observer, si élastiques qu'on ne peut les rompre. Un jour, peut-être, des chercheurs tels que lui démontreront l'existence de ce lacis et parviendront à éclairer le phénomène du curieux attachement des mères et de leurs enfants.

Maylis avait appris la nouvelle de la mort de Muriel peu avant vingt heures, alors qu'elle terminait sa tournée et s'apprêtait à lui rendre visite. Elle avait garé sa voiture sur le bas-côté, restant sonnée un long moment, avant de retrouver l'énergie suffisante pour regagner son domicile. De retour chez elle, elle avait ouvert en grand les fenêtres, convoquant le grondement de l'océan si proche, et s'était lancée dans une frénésie domestique, comme s'il suffisait de laver du linge, de nettoyer un receveur de douche ou de récurer un four pour empêcher le cours de sinistres pensées. La simple évocation d'usages dont elle ne pouvait ignorer l'existence la submergeait à la manière des vagues qui se brisent sur la digue de L'Artha et emportent parfois un passant imprudent. Peu avant midi, Elisabete Olazabal, l'interne du service, avait signé le certificat de décès de Muriel. À quinze heures, la surveillante avait clos le dossier médical en griffonnant les trois lettres « DCD », suivies de l'horaire. Puis les infirmières avaient lancé la procédure de désinfection, les admissions avaient été averties qu'un lit serait disponible, le service de perception avait édité une facture pour la ligne téléphonique et le supplément télévision. Pendant ce temps, Maylis poursuivait la routine de ses visites à domicile, le sang circulait dans ses artères, l'air s'engageait librement dans ses poumons, sa vessie se remplissait. Lors des dix journées du séjour de Muriel dans le service de médecine interne, Maylis avait honoré le lien affectif qui l'engageait auprès de la malade bien au-delà des soins désormais délivrés par le personnel hospitalier. Chaque jour, après le départ de Maxime, elle venait s'asseoir près du lit, choisissant le côté où Muriel n'était pas perfusée, tenant entre les siennes la main parcheminée qu'un épais lacis veineux parcourait telle une écriture maladroite. Elle reproduisait instinctivement le geste de tous ceux qui espèrent transmettre une part de vigueur, une étincelle de jeunesse, aux leurs qui sont diminués.

À deux heures du matin, éreintée, son deux-pièces plus propre qu'au jour où le propriétaire lui en avait remis les clés, elle s'allongea sans pour autant que la fatigue entraîne son esprit dans le charitable détachement du sommeil. Au contraire, tandis qu'elle se retournait entre les draps, le déroulé des événements fondit sur elle comme une nuée d'insectes tourmenteurs.

L'année entière, Maylis avait veillé avec attention sur le lent déclin de Muriel, lui avait administré ses médicaments, l'avait pansée, plus encore, lui avait offert quotidiennement le bénéfice de sa chaleureuse présence. La jeune femme commençait sa tournée en poussant la porte de la bergerie vers sept heures du matin. En général, elle réveillait Muriel, l'aidait à prendre un petit déjeuner, puis repartait accomplir sa journée de travail jusqu'au soir, où elle revenait la coucher vers vingt heures. À plusieurs reprises, Muriel lui avait confié qu'elle serait sa dernière amie, et il n'était pas faux de dire que les deux femmes l'étaient devenues, et l'étaient restées tant que l'entendement de Muriel avait permis à l'amitié de produire ses bienfaisants effets. Maylis avait visionné en sa compagnie les enregistrements conservés dans l'ordinateur de Muriel des émissions et des reportages qu'elle avait effectués aux quatre coins du monde. Sa patiente lui avait également ouvert ses carnets de voyage, lui donnant accès aux clés de sa vie. Elle pressentait que celle-ci en deviendrait rapidement la principale détentrice. Peu de temps avant l'accident, l'invasion du cerveau de Muriel par les métastases était telle qu'une visière opaque semblait s'être abattue sur son séjour terrestre. Des heures entières, elle demeurait assise dans un état de stupeur, oubliant jusqu'à sa propre présence. Fantôme, vivant peut-être déjà au milieu d'autres fantômes. Maylis avait affirmé à Maxime que sa mère pouvait habiter dans sa propre maison sans risque de se blesser car trop faible en quelque sorte. Suivant les conseils de l'infirmière, Maxime avait adhéré à une association qui dépêchait chaque jour, entre dix heures et dix-huit heures, un auxiliaire de vie à domicile afin de tenir compagnie à sa mère, la laver, l'habiller et la nourrir le midi. Sur ses conseils encore, il avait fait munir son lit de barrières latérales et avait acquis un matelas médicalisé à air. Ainsi, naturellement, la jeune infirmière s'était-elle imposée comme le maître d'œuvre de la dernière pensée structurée de Muriel : demeurer dans sa maison jusqu'à son ultime souffle. Mais depuis qu'elle l'avait découverte, recroquevillée sur le sol de sa chambre, brûlée par l'embrasement de sa chemise de nuit, elle avait la conviction d'avoir failli et les remords l'assaillaient.

Dès lors, comment continuer à s'adresser au jeune chercheur qui l'avait impressionnée par l'étendue de ses connaissances, avant qu'elle ne tombe sous son charme ? Comment continuer de paraître devant celui dont le corps l'avait étreint lors de rêves érotiques qui la laissaient stupéfaite et démunie à son réveil ? À chaque venue de Maxime ils s'étaient croisés et, sans que cet homme ait jamais rien entrepris pour cela ni manifesté aucun signe de réciprocité amoureuse, elle avait fini par souffrir d'un profond sentiment d'abandon, lors de ses inéluctables retours à Paris. La maladie de Muriel dressant une barrière infranchissable entre eux, Maylis avait choisi de retenir en elle cette inclination. Elle s'accommodait d'entrevues éphémères, subissant avec l'impatience d'une adolescente l'attente entre deux conversations téléphoniques.

Elle ignorait le moment où elle avait réalisé qu'elle s'était éprise de lui. Sa grâce et sa séduction lui facilitant la tâche, elle avait essayé de tromper sa fixation amoureuse entre les bras d'hommes de rencontre, lesquels, s'ils n'avaient pas démérité, n'étaient parvenus en définitive qu'à exacerber sa frustration physique et son dépit émotionnel. Récemment, Maxime lui avait déclaré que sans son formidable accompagnement, dont il voyait à quel point il dépassait le cadre de sa fonction, il n'aurait jamais pu continuer à être un fils à distance. En croyant la complimenter, il façonnait le chagrin de la jeune femme. En posant des mots sur leur relation, il en démontrait le caractère impossible.

Le funérarium était un bâtiment en préfabriqué, coincé sur la nationale entre l'aéroport de Biarritz et la zone industrielle qui s'étendait pratiquement sans interruption jusqu'à Bayonne. Dans la chambre funéraire, Maxime se recueillit quelques minutes devant la dépouille exposée de sa mère, puis prévint l'officier de gendarmerie qu'il pouvait procéder à la mise en bière et apposer les scellés.

Ensuite, il alla prendre place parmi les bancs en bois clair, dans la salle voisine où le cercueil fut déposé sur un tapis de cylindres métalliques. Il ne voulut pas s'asseoir au premier rang, un réflexe conservé depuis ses années de fac, une manière aussi, en se faisant le plus discret possible, de ne pas être là. Maxime n'avait pas souhaité cocher l'option «Parution dans le journal *Sud-Ouest*» présente sur le devis d'Arantxa Hirigoyen. Personne ne viendrait ce matin, excepté le maître de cérémonie, qui s'approchait déjà, une brochure plastifiée à la main.

— Avez-vous apporté un CD, monsieur?

Maxime resta un instant sans réagir, puis il comprit en interceptant le regard du type, en direction d'une enceinte montée sur trépied.

— Ah non, je ne savais pas, je n'y ai pas pensé...

— Dans ce cas, nous avons sélectionné un choix, ce sont les morceaux les plus fréquemment demandés par les familles.

Maxime hocha la tête et se saisit de la brochure, découvrant avec étonnement le hit-parade de la mort, en tête duquel trônaient *Hallelujah* dans la version de Jeff Buckley, *What a Wonderful World*, de Louis Armstrong, *Puisque tu pars*, de Jean-Jacques Goldman, et *The End*, des Doors.

— Nous avons également de la musique classique.

— Je préférerais qu'on ne mette rien, tenta Maxime.

— Oh si, c'est mieux, monsieur, insista l'homme en noir, en décrivant du regard l'alignement des bancs déserts.

— Mieux pourquoi ?

— Vous êtes seul, la musique vous accompagnera.

Maxime n'avait pas envie de discuter, alors il pointa un doigt las sur la chanson des Doors. Et, voyant une étincelle fulgurer dans la pupille de son interlocuteur, se sentit conforté dans son choix. Il est vrai qu'à la dixième fois où l'on entend Louis Armstrong tenter de persuader des familles éplorées que le monde est formidable, on apprécie un changement de registre.

L'homme regagna un pupitre et commença à farfouiller dans une pile de CD jusqu'à mettre la main sur le bon. Il l'inséra dans un lecteur et quelques secondes plus tard les premières notes de guitare s'élevèrent dans la pièce déserte, bientôt suivies des tambourins et de la voix sépulcrale de Jim Morrison.

This is the end, beautiful friend. / This is the end, my only friend, the end. / Of our elaborate plans, the end. / Of everything that stands, the end.

Maxime essaya d'imaginer, sous la mine imperturbablement austère du croque-mort, le rocker maudit qui ne demandait qu'à surgir, mais, écrasé par le cérémonial et le poids des paroles, il ne parvint pas à déployer l'inventivité suffisante. *No safety or surprise, the end. / I'll never look into your eyes, again.*

À la fin du premier couplet, et avec un sens de la théâtralité que Maxime ne put s'empêcher de reconnaître, l'homme en noir mêla sa voix au pont musical.

— Nous allons maintenant accompagner en pensée le dernier voyage de Muriel.

Puis il actionna un bouton et le cercueil s'ébranla sur le tapis roulant, jusqu'à disparaître derrière une trappe qui s'abaissa automatiquement. Maxime ne put détacher son regard du rectangle de métal, alors que sa mère s'en était allée et qu'il demeurait retenu du côté des vivants.

Dans la baie de Saint-Jean-de-Luz, l'absence de vent laissait la mer étale, pareille à l'ancien lac d'un cratère volcanique qui l'avait précédée, du temps où nul homme ne foulait la terre. Plusieurs millions d'années auparavant, les éruptions et les séismes avaient effondré les hautes pentes de la caldeira. Ils avaient laissé l'océan s'engouffrer, chasser l'eau douce et entamer son pugnace mécanisme d'érosion. Il avait ensuite fallu un autre âge pour que les laves se tarissent et qu'un croissant de sable doré souligne le rivage. Un jour, les premiers bâtisseurs étaient apparus. Maylis était leur héritière, même si, historiquement, elle n'était pas une Basque de la mer, mais de la montagne. Ses grands-parents paternels étaient bergers dans les canyons de Haute-Soule, et ses grands-parents maternels fabriquaient des espadrilles à Saint-Jean-Pied-de-Port, à l'époque où plusieurs heures de cheval étaient nécessaires pour rallier l'Atlantique. La pauvreté des campagnes et le développement du tourisme avaient poussé sa famille vers la côte et la jeune femme avait ainsi fini par étudier, puis installer son cabinet d'infirmière, au pays des surfeurs et des orages soudains. Aujourd'hui, elle se sentait viscéralement attachée à l'océan, à tous les visages que celui-ci revêtait selon la saison et le relief côtier. Chaque fois qu'elle en avait l'occasion, elle empruntait le voilier de son frère et voguait au large. Quand elle ne le pouvait pas, elle choisissait ses heures pour courir et fréquenter la mer depuis le littoral, ainsi qu'elle le faisait à présent, dans la touffeur naissant du jour. Un observateur, posté sur la rotonde en contre-haut de la plage, ou plus loin, sur la promenade surélevée qui protégeait la ville des débordements marins, aurait pu s'étonner de voir la jeune femme courir avec une hargne qui détonnait avec les foulées paisibles des joggers. Mais il n'y avait personne à cette heure. La ville n'était pas éveillée et lorsqu'elle le serait, l'agitation monterait du centre de la partie piétonne de la rue Gambetta et de la halle du boulevard Victor-Hugo, car on était vendredi, jour de marché. Son smartphone diffusant des standards rock à plein volume,

Maylis tentait d'échapper à elle-même, sans résultat. Peu avant de quitter son appartement, elle avait reçu un texto de la surveillante du service de médecine interne, l'informant que la crémation avait lieu le matin même, et elle avait pris la décision de ne pas s'y rendre.

Maxime redressa la tête et ouvrit ses yeux rougis. Il avisa le maître de cérémonie qui se tenait immobile auprès de la trappe derrière laquelle le cercueil avait disparu. Ce n'était plus possible. Les tintements obsédants du tambourin et les riffs quasi chamaniques avaient eu raison de sa passivité. La musique des Doors lui soutirait une émotion qui n'était pas appropriée. Fermez les yeux, levez une main armée d'un briquet ou d'un smartphone, faites rouler la molette ou allumez l'écran, balancez en cadence, épaule contre épaule avec votre vieux pote ou cette jolie fille sans soutien-gorge. Vous êtes à un concert, pas à un enterrement. Et puis, malgré toute l'imagination dont il pouvait faire preuve, la salle du funérarium de Biarritz n'était pas le Royal Albert Hall.

— Excusez-moi, on peut arrêter la musique ? lança-t-il.

— Vous voulez en choisir une différente ? proposa le maître de cérémonie, la voix teintée d'inquiétude.

— Non, j'aurais préféré le silence, je vous l'avais dit...

— Du classique, peut-être ? l'interrompit l'autre, en brandissant le menu musical, ouvert à la seconde page.

Maxime eut le sentiment d'être face à un sommelier qui ne comprend pas pourquoi son client tient absolument à boire de l'eau.

— *Sonate pour piano n° 2*, la « Marche funèbre », de Frédéric Chopin, mais c'est un peu classique, commenta l'homme en noir, ou l'*Adagio pour cordes* de Samuel Barber, très bien...

— Non, s'il vous plaît, rien. Merci.

— Bien, monsieur Detain, lâcha à regret l'homme au costume noir, avant de reculer jusqu'à son pupitre et d'éjecter le CD des Doors.

Les échos de la voix de Jim Morrison se perdirent entre les rangées de bancs vides et Maxime referma les yeux avec soulagement. Mais son répit ne dura guère, ses pensées étaient lancées à nouveau sur l'énigme de l'incendie qui avait provoqué l'hospitalisation de sa mère. L'évocation rendait le drame si présent que Maxime eut le sentiment d'entendre le ronflement du feu de l'autre côté du mur, puis il réalisa que le bourdonnement, bien réel, s'accompagnait d'une vibration sourde et continue. Il rouvrit les yeux et, croisant le regard embarrassé du maître de cérémonie, comprit pourquoi celui-ci avait insisté pour diffuser de la musique. Ce n'était pas tant pour favoriser le recueillement que pour masquer le bruit de fonctionnement du système de crémation. Le gaz propulsé à haut débit rugissait dans les canalisations, les turbines d'extraction tournaient à plein régime, la combustion grondait dans les entrailles du bâtiment.

D'un signe de l'index, il rappela le type, qui s'empressa d'approcher.

— Je suis désolé, dit celui-ci en écartant ses longs bras du corps, quand il y a du monde, ça étouffe un peu les sons, mais là, comme il n'y a personne, ça résonne beaucoup.

— L'*Adagio* de Barber, vous disiez ? C'est bien ?

— Très bien, néoromantique, très pur, sans fioritures. Il a été joué pour la mort de Roosevelt.

Maxime approuva silencieusement. Si cela convenait à un chef d'État, il n'allait pas faire le difficile. Lorsque les premières mesures emplirent l'espace, saisirent son esprit et son cœur, enrobèrent dans leur puissant crescendo la rumeur des artefacts de destruction, il se demanda comment la même humanité pouvait à la fois être source d'une telle beauté et d'une telle douleur.

Les brûleurs à gaz crachent leurs flammes à plein tube, de l'air propulsé attise le feu, entraînant la température dans le four aux alentours des mille degrés. Le chêne du cercueil s'est enflammé et mon existence matérielle s'achève véritablement. On a beau se savoir composé en majeure partie d'eau, on ne s'attend pas à se voir aussi promptement évaporé. L'intense chaleur sublime mes graisses en gaz, celles de mes fesses, de mon ventre, de mes cuisses. Je n'étais plus très épaisse, il ne restera pas grand-chose. À part des poussières minérales et les parties les plus denses de mes os, un morceau de mâchoire, de bassin, la tête de mon fémur. Au milieu de ces fragments noircis, reposeront ma prothèse du genou et quelques amalgames dentaires fondus, mélangés aux poignées du cercueil, aux charnières et à toute la quincaillerie afférente. Il va falloir qu'ils trient ce bazar. Cela va prendre du temps et je serais bien étonnée qu'ils remettent les cendres à Maxime tout de suite. Ils ne vont pas lui dire la vérité, lui faire part de la petite cuisine nécessaire pour broyer les résidus et tamiser les particules. Tout cela n'est pas très présentable au fond. Le corps mort est honteux, on ne dit rien de la façon dont il est traité, embaumé, enterré. Comment certains se décomposent et d'autres carbonisent. On en parle à mots couverts, on préfère habiller le trépas de poésie. Les uns sont réputés monter au ciel, les autres censés reposer dans la terre de leurs ancêtres, comme s'ils ne s'y corrompaient pas. On triche, on masque, on le cache aux enfants. On n'agissait pas différemment avec le sexe, autrefois. Je n'y avais jamais songé auparavant, pas plus que je ne m'étais interrogée sur l'inéluctable participation au réchauffement climatique qu'entraîne le dégagement d'une telle quantité de gaz à effet de serre, avant d'en être responsable moi-même. De m'élever le long du gainage de la cheminée, jusque dans l'azur où, par ce matin clair, on distingue la côte depuis la Punta Xaxiarri en Espagne jusqu'aux falaises de Biarritz.

Maxime avait quitté le bâtiment, poussé par un besoin impérieux de s'aérer. Il déambulait dans le parking et creusait le gravier de son pas pesant, tandis qu'à l'intérieur achevaient de se consumer la chair même où il avait germé, les résidences secrètes d'une conscience à laquelle il devait la sienne. Il contemplait le ciel zébré des traînes cotonneuses des avions, tournant ostensiblement le dos à la cheminée du funérarium d'où s'échappaient soixante années d'exultations et de doutes mêlés, de combats opiniâtres et de faiblesses avouées. Une trajectoire dans l'atmosphère transparente que nul souffle ne venait dissiper.

Quelques instants plus tard, la porte coulissa et d'autres pas crissèrent pour le rejoindre. Le maître de cérémonie, qui avait pour obligation de demeurer dans la salle jusqu'à la limite des quinze minutes de recueillement réglementaires, s'adressa à lui, soulagé :

— Monsieur Detain, je vous cherchais.

Il avait eu peur que Maxime ait disparu. C'est qu'il lui revenait d'informer les familles, même réduites à un seul individu, de la suite des opérations.

— C'est terminé ? questionna Maxime, qui appréhendait le moment où on allait lui remettre l'urne.

— Il faut attendre que les cendres refroidissent, vous pourrez les récupérer vers midi, au magasin, en face de la gare.

Maxime regarda sa montre. Il restait près de deux heures avant midi.

— C'est si long?

— Il y a une préparation, répondit l'homme en noir, visiblement embarrassé.

Maxime se tourna vers le quadragénaire au teint bistre, aux cernes marqués, aux lèvres fines et desséchées, dont il nota pour la première fois à quel point il avait la gueule de l'emploi.

— C'est vous qui vous en occupez?

— Non, ce sont des appariteurs. Moi, il faut que je ramène le corbillard en ville, alors je peux vous laisser quelque part sur le chemin si ça vous arrange... enfin, si ça ne vous gêne pas.

— D'accord. D'accord.

— Si vous voulez bien me suivre, dit-il en lui désignant le véhicule noir stationné un peu plus loin.

Maxime obtempéra, l'esprit envahi d'images de débris incomplètement calcinés que l'on racle sur la sole d'un four.

L'homme en noir ouvrit la porte côté passager, et Maxime réalisa qu'après avoir fait le trajet aller à l'arrière, à côté du cercueil, il allait effectuer celui du retour en occupant la place du mort. Juste retour des choses, étant donné qu'il était désormais le prochain sur la liste, n'ayant ni frère ni sœur, et plus d'ascendant.

— Et que faites-vous des différents métaux... de tout ce qui peut se trouver dans un corps? demanda soudainement Maxime, mû par sa curiosité scientifique.

Le maître de cérémonie termina d'ôter son veston et de remonter ses manches de chemise, fouillant dans ses souvenirs à la recherche d'un client aussi particulier.

— Ça vous gêne si j'allume une cigarette? interrogea-t-il, en montant à bord et en démarrant le corbillard.

— Pas du tout.

Il s'exécuta et souffla une longue bouffée de tabac contre le pare-brise, enfila une paire de lunettes noires et engagea son véhicule sur la nationale, le coude appuyé sur le rebord de la portière. Ne lui manquait qu'un chapeau en feutre pour compléter la tenue du *blues man* à la coule.

— Avant, on récupérait les plombages, les céramiques, les prothèses et on les enterrait à même le sol, dans un coin du cimetière. Mais ça prenait de la place et à force ça causait des problèmes de pollution avec les écoulements pluviaux. Alors maintenant, on confie tout ça à des sociétés spécialisées qui les achètent pour les recycler, d'autant qu'il y a de plus en plus de métaux précieux.

Interceptant le regard stupéfait de Maxime, il se défendit :

— L'argent n'est pas pour nous. Il va à des associations et finance des sépultures pour les plus démunis.

— Je l'ignorais, lâcha Maxime.

— En général, les gens préfèrent ne pas savoir.

— Dommage, c'est plutôt vertueux. De son vivant, on donne une pièce ou un Ticket Restaurant à un SDF, mort, on lui refile sa prothèse.

Le maître de cérémonie sourit et enclencha un CD dans le lecteur.

— Je peux ?

Maxime acquiesça tandis que résonnaient dans l'habitacle les premiers accords de *Where is My Mind* des Pixies. Les deux hommes dodelinèrent de la tête, abîmés dans des pensées qui se rejoignaient, les unes pour des raisons professionnelles, les autres pour des motifs éminemment privés.

À l'approche de Saint-Jean-de-Luz, le corbillard s'engagea dans une série de ronds-points qui formaient sur la route nationale comme une procession d'escargots après l'averse.

— Elle est géniale, cette chanson, impossible d'y résister, finit par lâcher Maxime. Vous devriez l'ajouter à votre playlist.

— À la place des Doors ?

— Je changerais plutôt avec Goldman.

— J'essaie d'équilibrer les genres. Il en faut pour tous les goûts.

— Je comprends.

— Ma profession réclame de l'éclectisme. Si je me laissais aller..., ajouta-t-il en emplissant profondément ses poumons de fumée de tabac.

— J'imagine. Tiens, vous pouvez m'arrêter là ? Je dois récupérer les affaires de ma mère.

— Bien sûr, monsieur Detain.

Ils arrivaient devant l'hôpital où Muriel avait passé la dernière semaine de sa vie, mais, à la surprise de Maxime, son chauffeur, au lieu de ralentir et de le déposer au bord de la route, obliqua pour emprunter le ruban d'asphalte qui traversait le jardin. Le corbillard s'immobilisa sur l'esplanade face aux portes coulissantes du rez-de-chaussée. Quelques patients en fauteuil roulant, ou, pour les plus vaillants d'entre eux, aux bras de leurs proches, détournèrent le regard en direction du véhicule noir, dont l'apparition plaçait chacun sous l'emprise d'un sinistre pressentiment. Maxime aurait rêvé d'une arrivée plus discrète, mais il remercia son chauffeur en descendant.

— Je vous verrai tout à l'heure ?

— Ce ne sera pas moi qui vous recevrai, j'ai un office. Vous serez accueilli par Mme Hirigoyen. Mes sincères condoléances, monsieur Detain. Il marqua un temps. J'ai été ravi de cette conversation.

— Moi aussi, merci pour tout, lâcha Maxime en se hâtant de disparaître à l'intérieur du bâtiment.

Dans le hall, il aperçut ce jeune couple qu'il avait rencontré la semaine précédente, en visite à un parent âgé, et se faufila dans la cabine de l'ascenseur, à la manière d'un malfaiteur.

Au troisième étage, le service de médecine interne était silencieux, le calme à peine troublé par l'émission de bips réguliers derrière certaines portes closes. Dès les premiers pas, l'odeur des corps affaiblis, que ne parvenait pas à masquer celle des désinfectants, le transporta dix jours en arrière, alors qu'il suivait le même chemin sur le sol couvert d'un revêtement lisse et brillant. Mais cette fois, après avoir poussé la porte de la chambre 317, le visage qu'il découvrit ne fut pas celui bien-aimé de sa mère, mais celui d'un homme endormi, la peau cartonnée et cireuse, les ailes du nez pincées, gisant dans son lit. La famille avait apporté deux fauteuils couverts d'un velours rouge usé, une série de cadres photographiques où souriaient divers visages d'enfants, ainsi qu'un valet sur lequel reposait un costume en lin blanc, dont Maxime, en refermant la porte avec douceur, douta que le vieil homme le revêtît à nouveau. Lui-même avait amené quelques meubles la semaine précédente, ainsi que des aquarelles peintes par Muriel afin de lui reconstituer un univers familier. Dans ce service de médecine interne, à l'étage plus spécifiquement dédié aux personnes âgées, les chambres se métamorphosaient au gré des univers, elles contenaient des fragments de la vie d'avant – autant de filins jetés pour arrimer leurs occupants du bon côté du destin. Parfois, cela marchait, parfois non, et on recevait un appel de la surveillante du service : « Bonjour, monsieur Detain, nous souhaitions savoir quand il vous serait possible de passer prendre les affaires de votre maman.

Le service étant malheureusement complet, nous ne pouvons pas les garder. En vous remerciant par avance. » Naïvement, il avait imaginé retrouver la chambre en l'état et opérer lui-même le déménagement, mais, visiblement, l'établissement avait d'autres méthodes. Maxime se dirigea donc vers le box des soignants où il découvrit Elisabete Olazabal, l'interne qui s'était occupée de Muriel, en train de rédiger une prescription.

— Bonjour, je suis le fils de Mme Detain...

— Oui, bien sûr, je vous ai reconnu.

— Je reviens de l'incinération.

Elisabete l'observa sans réagir.

— J'avais apporté deux ou trois meubles, poursuivit Maxime, et la surveillante du service m'a laissé un message pour que je les récupère. Je viens de passer dans la chambre...

— Je termine et je vous accompagne, l'interrompit-elle.

Maxime acquiesça silencieusement tandis que l'interne achevait de tracer quelques signes sur une ordonnance, qu'elle fit suivre d'une griffe nerveuse, avant de glisser le document dans un casier. Ensuite, elle ouvrit un dossier à couverture cartonnée et parcourut un compte rendu pendant quelques secondes. Sans savoir d'où lui venait cette impression, Maxime se dit que cette lecture n'était pas nécessaire, que l'interne temporisait, comme si elle cherchait en elle le moyen de se projeter dans son univers à lui. Elle se balançait lentement d'un pied sur l'autre, tout en faisant mine de se concentrer. Il pensa qu'aucune université n'enseigne aux médecins où se situe le juste milieu entre l'objectivité et l'empathie.

— En général, ils entreposent les affaires personnelles dans une pièce au bout du couloir, je vais vous y conduire, dit-elle, en refermant le dossier. Nous avons des procédures, on ne peut rien laisser dans une chambre après un décès.

Maxime s'écarta pour la laisser passer.

— Je voulais vous poser une question, lança-t-il, en lui emboîtant le pas. C'est un peu tard, mais avant je crois que je n'en étais pas capable.

— Je vous en prie.

— Ma mère a eu un cancer du cerveau, avec des métastases, et progressivement ses organes ont cessé de fonctionner, et elle a fini par faire un arrêt cardiaque, c'est ça ?

— D'une certaine manière on meurt toujours d'un arrêt cardiaque. Le corps parvient à un tel état d'épuisement que le muscle s'arrête, votre maman était extrêmement affaiblie, et ses brûlures ont constitué l'épreuve de trop, si je peux dire.

Insensiblement, les épaules d'Elisabete Olazabal s'abaissèrent et son visage parut s'ouvrir. Elle marchait plus lentement dans le couloir, aussi. À son aise dans le commentaire médical.

— Mais pourquoi ne se souvenait-elle plus de rien ? Elle a fait une espèce d'Alzheimer, ou c'est le cancer qui a détruit sa mémoire ? Il y a eu des moments où elle ne me reconnaissait plus.

— Elle n'a pas développé un Alzheimer au sens où les médecins le définissent... Votre maman était jeune et aucun scanner n'a révélé de signes qui qualifient cette pathologie. La tumeur a joué un rôle dans ses pertes de mémoire, mais elle ne peut tout justifier à elle seule. Dans le cas de cancers multimétastasés, on observe une diminution des fonctions cognitives si rapide qu'on ne peut pas l'expliquer. Il y a des liens entre le corps et l'esprit que nous sommes loin de connaître et que peut-être nous ne connaîtrons jamais.

En passant devant la chambre 317, Maxime détourna le regard.

— J'ai pensé que, face à la maladie, elle pouvait avoir été tentée de se réfugier dans l'absence, enchaîna-t-il.

— On peut dire ça, peut-être. Vous êtes chercheur, je crois ?

— En biologie moléculaire.

— C'est un champ d'investigation sans limites, sourit Elisabete Olazabal. Parfois, il m'arrive de me penser que j'aurais dû m'engager dans cette voie.

Parvenue devant une porte, l'interne, à présent parfaitement détendue, composa les quatre chiffres d'une serrure à code.

— Voilà, tout est entreposé ici, normalement.

Dans le réduit, Maxime identifia parmi d'autres meubles, dont certains devaient être là depuis un moment, la chaise basque, la console basse et la série d'aquarelles empilées, parfois collées les unes aux autres par du double face, qu'il entreprit de séparer avec délicatesse.

— Je vous laisse ? Je dois retourner à mon travail. Il vous suffira de claquer la porte.

— Bien sûr, merci pour ce que vous m'avez dit.

— Je n'ai pas eu vraiment l'occasion d'échanger avec votre maman, ajouta-t-elle, mais j'ai eu le temps d'observer ces marines lorsqu'elles étaient aux murs de sa chambre. C'est elle qui peignait ?

— Oui, tout le temps. Elle voyageait beaucoup et peignait des aquarelles partout où elle allait. Ça, c'est différent, c'est une série du port qu'elle a entreprise juste avant de tomber malade.

— Il faut énormément de sensibilité pour saisir la vie en quelques coups de pinceau...

— Prenez-en une si ça vous fait plaisir, proposa-t-il en lui tendant les peintures.

— Je suis très attachée à notre ville, reprit l'interne, et j'aime la façon dont votre mère a traité les couleurs et les mouvements de l'eau. C'est à la fois fidèle et interprété. Oui, ça me ferait plaisir.

Maxime l'encouragea à en choisir une. Sans hésiter, elle désigna celle qui représentait deux hommes en train de repriser leurs filets, avec en arrière-plan le bassin du port et les maisons du seizième siècle.

Personnellement, je n'aurais pas choisi celle-là, je la trouve scolaire, démonstrative. On dirait l'œuvre d'un étudiant des Beaux-Arts en première année. C'est exactement ce que j'ai voulu dire à Maxime la semaine dernière, lors de notre ultime et lapidaire conversation, mais les mots ne sont pas venus comme ils auraient dû. Trois mots échangés sur la technique picturale quand il aurait fallu conclure sur la pratique d'une vie. La présence dans ma tête m'a fait dérailler une fois de plus. Dès le départ, j'ai choisi de parler de « présence » pour nommer ce deuxième moi en moi. Évidemment, j'ai pensé au nénuphar de Chloé, l'héroïne de L'Écume des jours, *cette fleur mortelle qui croît en elle et la détruit. Le mot « cancer » suffit à vous envoyer dans l'autre monde par sa seule évocation, et un temps j'ai espéré survivre à cette maladie, alors j'ai préféré ne pas lui faire de publicité. Mais elle a été plus maligne que prévu. Être malin, pour un enfant, c'est un avantage. Eh bien pour une tumeur, pareillement. La mienne l'était, sans aucun doute, pour s'être logée là où aucun chirurgien ne pouvait l'extirper. Commensale de mes pensées, les dévorant peu à peu, m'adressant ses piques en continu, y compris lorsque le corps médical croyait déceler une rémission dans les mandalas contrastés des scanners. Le jour où elle a fini par envahir tout l'espace disponible, nos statuts se sont trouvés inversés. C'est moi qui étais devenue son parasite. Une carcasse inutile dont elle n'a cessé de vouloir se débarrasser, et ce n'est pas mon hospitalisation ni la parfaite attention d'Elisabete Olazabal et de son équipe qui ont pu l'en empêcher. En huit jours, la question était réglée, nous avons retrouvé notre indépendance. Le cancer a pu aller faire de la présence ailleurs et moi, tout simplement, je n'étais plus.*

En deux voyages, Maxime transporta les meubles à l'extrémité du couloir, devant la porte de l'ascenseur. Il s'apprêtait à appeler la cabine lorsqu'une petite femme blonde, d'une cinquantaine d'années, surgit d'un bureau et trottina vers lui.

— Monsieur Detain, je suis la surveillante du service. Merci d'avoir répondu à mon appel.

— Je vous en prie, c'est normal, répondit-il, en mentant.

Depuis ce matin, rien de ce qu'il vivait n'était normal et il devait produire un violent effort pour se persuader qu'il faudrait désormais continuer ainsi.

— On n'a pas eu l'occasion de se rencontrer lorsque votre maman était hospitalisée chez nous, poursuivit la surveillante, c'était ma semaine de congé, mais il fallait que je vous remette ceci.

Elle ouvrit la main, laissant apparaître un petit sachet en plastique, dans lequel brillait un bijou. Maxime reconnut immédiatement la bague préférée de Muriel. Il s'agissait d'un diamant d'Afrique du Sud, que lui avait offert son amie Christina et qu'elle avait fait monter sur un anneau en or.

— Oui, c'est à ma mère, s'étonna-t-il. Mais elle ne la mettait plus. Ses doigts commençaient à se déformer à cause de l'arthrose. Je ne comprends pas ce que cette bague fait ici.

— Le médecin du SMUR me l'a remise au moment de l'admission. Je n'en sais pas plus. Comme j'ai pensé qu'elle avait de la valeur, je l'ai enfermée dans mon tiroir, fermé à clé, et puis je suis partie en vacances.

Maxime ouvrit le sachet et fit rouler la bague sur sa paume. Les scintillements de la roche mirent au jour le recoin de sa mémoire où logeait l'un des derniers échanges cohérents qu'il avait eus avec sa mère : « Avant de partir, j'offrirai un cadeau à Maylis, pour la remercier. Cette jeune femme est un astre et j'ai pensé à la bague de Christina. Je trouve que leurs deux lumières s'accordent. Mais je veux que tu sois d'accord. Lorsque je ne serai plus là, tout te reviendra et, d'une certaine façon, ce bijou est déjà pratiquement à toi. Qu'en dis-tu ? »

Maxime n'avait pas répondu, il refusait de se projeter dans un futur aussi déterminé. De son point de vue, Muriel restait maîtresse de ses décisions et de ses biens. Tout propos sur le sujet méritant d'être abrégé. Après cet échange, Muriel avait levé son visage vers la fenêtre, ses yeux comme deux traces de ciel sur son visage en paix, sa paume abandonnée au creux de celle de son fils. Du don de la bague, ils n'avaient jamais reparlé. Si bien que Maxime était persuadé que sa mère avait mené son projet à terme et que la jeune infirmière était maintenant en possession du bijou.

Sur Maylis Salaberry, en revanche, il avait un avis. Il ne lui avait pas échappé que l'infirmière de sa mère rayonnait d'un charme indéniable. Un semis de taches de rousseur en orbite autour de ses yeux noisette, des lèvres charnues au cœur de son visage régulier, des mains fines qui paraient d'élégance et d'adresse le moindre geste médical. Enfin, et surtout, elle se mouvait dans la vie de Muriel avec la même souplesse qu'en parcourant le chemin sous les lilas, au sortir de sa voiture, pénétrant sans bruit dans la maison, ses pas légers sur le sol, sans jamais provoquer d'intrusion. Et cela n'avait pas de prix, n'était remboursable par aucune assurance sociale.

Ce que l'homme avait remarqué, le fils l'avait refoulé, se contentant de suivre docilement les conseils et les avis que Maylis dispensait avec précision, infiniment soulagé de constater avec quelle aisance sa mère avait accepté la présence d'une nouvelle personne à ses côtés. Pour rien au monde il n'aurait mis en péril ce fragile et indispensable équilibre. Ainsi, lorsque Maylis quittait la bergerie, évitait-il de suivre des yeux le déplacement élastique de son corps, le balancement de ses cheveux auburn, le plus souvent noués en une natte gracile. De la même façon, restait-il le plus souvent le visage fermé en sa présence, comportement qu'il estimait digne d'un fils dans l'affliction. Au fond il agissait comme elle. L'un jouait la main gauche, l'autre la main droite, sans réaliser qu'ils interprétaient la même partition de l'indifférence feinte.

Le cœur de Maylis roulait comme un tambour dans sa poitrine, ses muscles la lancinaient, des filets de sueur ruisselaient sous son débardeur, néanmoins elle accélérait encore, mue par la volonté de tester sa résistance, après deux heures d'une course accidentée sur le sentier côtier. Les endorphines libérées dans son organisme étaient parvenues à lui procurer une sensation d'apaisement, sinon de bien-être, et, ainsi, elle avait atteint la plage d'Ilbarritz avant de faire demi-tour. Arrivée au sommet des falaises de Bidart, près de la chapelle Sainte-Madeleine, elle ralentit, puis s'arrêta au niveau de la bâtisse. Elle s'adossa au mur blanchi à la chaux et inspira de profondes bouffées d'air marin, imprégnée du rythme de l'Atlantique qui battait trente mètres plus bas. La petite chapelle était perchée à l'extrémité d'un raidillon qui montait de la place du fronton, où depuis toujours femmes et hommes se rassemblaient. Ici, elle se sentait à l'écart, à mi-chemin du ciel, et tentait de reprendre son souffle. Quand elle fut capable d'articuler trois mots, elle interrompit le flux de musique rock diffusé par son portable et composa le numéro de son cabinet. À la quatrième sonnerie, l'appel fut basculé automatiquement sur le mobile de son associée, qui décrocha.

— Cabinet d'infirmières, bonjour.

— Katia, c'est Maylis...

— Oui, comment tu vas, j'ai vu que tu n'étais pas passée ce matin ?

— Écoute, je suis allée courir, mais j'ai poussé la machine un peu fort. Je ne me sens pas très bien.

— Tu veux que je prenne tes visites ?

— Ce serait super, il faut juste prévenir Mme Jean avant qu'elle ne parte au marché.

— Ne t'inquiète pas. C'est calme aujourd'hui.

— Je passerai quand même dans l'après-midi, et puis je ferai ton dimanche si tu veux.

— D'accord, pas de souci. Porte-toi bien, ma chérie.

— Merci.

Après avoir raccroché, Maylis se laissa glisser contre le mur de la chapelle, son dos en sueur dessinant une traînée sombre sur le crépi blanc. Elle resta ainsi accroupie un long moment, contemplant l'océan de ses yeux obstinément fixes et secs, auxquels son corps éprouvé par la course, et totalement déshydraté, n'accordait aucune larme.

Maxime sursauta violemment dans le taxi qui le conduisait à la bergerie. Les tensions nerveuses s'étaient dissipées à mesure que le parallélépipède de verre et de métal de l'hôpital décroissait dans la lunette arrière de la voiture et il avait fini par s'assoupir. La tête appuyée contre la vitre, la main machinalement accrochée au pied du fauteuil basque qui dépassait du coffre arrière. Son téléphone portable vibrait dans sa poche, il l'attrapa et consulta l'écran. Le numéro s'affichait, précédé d'un préfixe international, et il sut qui appelait avant d'avoir décroché, prononçant ses premiers mots d'une voix enrouée par l'émotion et la proximité du sommeil.

— Je suis si heureux de t'entendre, Christina.

— *Caro mio...* comme je suis peinée, comme j'aurais voulu te parler pour d'autres raisons.

— Et moi donc, je n'étais pas certain que tu aies mon message, je ne parle pas l'espagnol.

— Tu es tombé sur Herman, c'est le plus futé des deux jumeaux, il a très bien compris. Malheureusement, j'étais loin de Buenos Aires et il ne pouvait pas me joindre plus tôt. Je viens juste de rentrer. Mais comment c'est possible? Muriel ne m'a jamais prévenue qu'elle était malade.

Christina vivait depuis si longtemps en Argentine qu'il arrivait à son français de flancher sous les accents toniques de l'espagnol et, de temps à autre, elle semblait chercher un mot, comme on exhume un souvenir précis.

— Cela faisait des mois. Tu sais comment elle était. Et puis, à la fin, elle n'était plus capable d'appeler.

Christina prononça quelques mots dont il ne saisit pas le sens.

— Ce n'est pas à elle que j'en veux, reprit-elle. Mais à moi. J'aurais dû lui soutirer des informations. Tu vas l'enterrer?

— Je l'ai fait incinérer ce matin.

— Et que vas-tu faire des cendres?

Maxime releva les yeux, il surprit le regard fuyant du chauffeur de taxi dans le rétroviseur et se mit à parler plus bas.

— Je les récupère tout à l'heure. Je ne sais pas encore, je n'ai pas pris de décision.

— Ce que tu choisiras, c'est bien.

— Merci.

— Il me revient un film que je suis allée voir avec ta mère quand il est sorti, c'était au moins il y a trente ans... *Prick Up Your Ears*, un film de Stephen Frears, ce réalisateur anglais.

— Je ne l'ai pas vu.

— C'est une histoire d'amour homosexuel dans l'Angleterre des années soixante, poursuivit Christina. Entre un auteur de théâtre très célèbre et son amant resté méconnu. C'est paroxystique... à la fois comique et désespérant. À la fin l'amant tue le dramaturge avant de se suicider, mais leur couple était si puissamment uni que les familles choisissent de les incinérer et de mélanger leurs cendres. C'est une scène magnifique, tu ris, tu pleures, en fait c'est beaucoup plus argentin qu'anglais.

Maxime acquiesça, devinant que Christina lui rappelait l'incessante liberté de penser qui avait animé Muriel au long de sa vie. Il se demanda depuis combien d'années les deux femmes ne s'étaient pas vues, persuadé que le lien restait aussi puissant que lors de leur jeunesse. Christina, la photographe, et Muriel, la journaliste, avaient posé leurs pas dans les mêmes empreintes durant des années, tout autour du globe, avant que Christina ne choisisse de s'établir en Amérique du Sud.

— Tu vas faire quelque chose pour moi, Maxime, d'accord ?

— Bien sûr.

— Dans la cave de ta mère, tu trouveras une bouteille de château-d'Yquem. Tu sais, elle a toujours gardé quelques bonnes bouteilles, mais celle-ci est de 1957, son année de naissance. Elle ne l'a jamais bue, mais elle m'avait avertie qu'elle me la réservait. Je devais la boire le jour où elle serait morte.

— Tu veux que je te l'envoie ?

Christina éclata d'un rire qui finit étouffé dans une quinte de toux.

— Non, les bouteilles de cet âge voyagent encore moins bien que les gens. Non, toi tu vas le faire, tu vas la boire pour moi.

— Tu es sûre ?

— Oui, c'est ce que je veux. C'est un vin exceptionnel, et ta mère savait le conserver, il aura traversé le temps sans problème. Tu dois faire ça, mon garçon. Pour elle et pour moi.

Le taxi s'immobilisa devant le chemin de la bergerie et le chauffeur coupa le contact, quitta, par délicatesse, le véhicule pour faire quelques pas et laisser Maxime poursuivre sa conversation.

— Je te le promets, je le ferai.

— Bien. Je sais que tu es devenu un chercheur important, si un jour tu passes par Buenos Aires, j'espère que tu me rendras visite. J'ai tellement de photos avec ta mère, quand nous étions jeunes.

Maxime n'osa pas lui demander si elle pouvait lui en envoyer par mail, de peur qu'elle imagine qu'il ne viendrait pas.

— Tu seras la première personne prévenue, Christina.

À l'extérieur, le chauffeur du taxi avait allumé une cigarette et fumait tranquillement. Lorsque Maxime ouvrit la portière, son portable remisé dans sa poche, l'homme s'approcha du coffre et l'ouvrit.

— Ma mère aussi est décédée là-bas, déclara-t-il en extrayant le fauteuil basque.

Maxime le dévisagea, réalisant que l'homme était d'au moins vingt ans son aîné.

— Elle était au troisième étage.

— Oui, moi aussi.

— Ils sont bien. Tout le personnel. Ils ont été bien, tout le temps, ajouta l'homme en sortant la console.

— C'est vrai, acquiesça Maxime. Combien je vous dois ?

— Vingt-cinq euros, monsieur.

Maxime le régla en consultant sa montre. Il ne lui restait plus longtemps avant midi.

— Est-ce que vous pouvez m'attendre cinq minutes ? Il faut que je pose ça et après je retourne en ville.

— OK, pas de problème.

— Je me dépêche.

Maxime se chargea de la chaise et de la console, et s'enfonça sous la voûte de lilas entre les grappes couleur crème.

— Monsieur ! le rappela le chauffeur.

— Oui ?

— Le retour, c'est pour moi. De toute façon il fallait que je rentre en ville.

— Merci.

La cave de la bergerie, creusée dans la roche, aérée par un soupirail haut, avait, selon la légende, abrité des officiers des services secrets anglais lors de la Seconde Guerre mondiale. Aujourd'hui, elle recelait, juste en dessous de la cuisine, un bric-à-brac de souvenirs des cinq continents, la malle cantine où Muriel entreposait ses carnets à dessins, ainsi qu'un alignement de précieux flacons, dont les rubis et les miels reposaient en secret sous la poussière et le salpêtre. Muriel adorait le vin et, à chacun de ses retours, se régalait d'une bouteille de qualité. En réalité, Maxime soupçonnait ce cellier sous-terrain d'avoir influencé le choix de sa mère en faveur de cette maison. C'était pratiquement la première pièce qu'elle avait tenu à lui montrer lorsqu'il l'avait aidée à s'installer. Il revoyait l'éclair de malice enfantine dans son regard tandis qu'elle soulevait la trappe de sol. Juste après son emménagement, elle s'était ruée en voisine aux ventes en primeur des vins de Bordeaux et avait acquis quelques grands crus, dont la plupart n'étaient toujours pas à maturité. « On retire du plaisir à rêver d'une bouteille pendant des années, mais, une fois débouchée, le bonheur s'épuise en quelques gorgées », disait-elle en laissant courir ses doigts sur les flancs en verre.

À mi-hauteur des clayettes, il repéra une bouteille de vin blanc dont l'étiquette abîmée laissait paraître le millésime. 1957, l'année de naissance de sa mère. Pris d'une violente émotion à l'idée de tenir entre les mains le nectar d'une vie, il s'empara délicatement de la bouteille et déchiffra l'appellation : *Château d'Yquem*. Le plus noble des vins liquoreux, une bouteille dont le prix dépassait certainement plusieurs milliers d'euros et dont il n'imaginait pas que sa mère eût pu l'acquérir elle-même. Qui lui avait offert un pareil cadeau ? On n'offre pas une bouteille d'une telle valeur, d'un millésime aussi signifiant, à quelqu'un qui n'est pas solidement ancré dans sa propre existence. Cette bouteille en savait certainement plus sur sa vie et sur celle de sa mère que tous les souvenirs contenus dans la maison.

Il réalisa qu'il était l'heure d'aller récupérer les cendres à la boutique de pompes funèbres. Tout en reposant avec précaution la bouteille de vin blanc liquoreux sur la clayette, Maxime se demanda alors si le terme d'orphelin convenait à sa situation, où s'il était réservé aux enfants, puis il gravit l'échelle de meunier et remonta dans la pièce principale.

Juste avant de sortir, il aperçut le vieux panier à commissions de Muriel, qu'elle utilisait chaque fois qu'elle se rendait au marché et qui trônait replet sur un siège, comme un gros matou paresseux. Il s'en saisit.

L'étroite boutique des Pompes funèbres était encombrée de cercueils d'exposition, de plaques commémoratives et de compositions florales en stuc, au milieu desquelles Maxime se tenait, raide et compassé, tentant de ne pas céder à l'effroyable absurdité de l'instant. « Ma mère tient en un litre », songea-t-il, en recevant l'urne funéraire des mains d'Arantxa Hirigoyen.

— Je vous présente mes sincères condoléances, déclara-t-elle, avec toute la compassion dont elle pouvait faire preuve avec sa blondeur soyeuse, son teint hâlé et ses dents d'une blancheur surnaturelle.

Masquer chaque matin une aussi évidente appétence pour le bonheur, relevait de la gageure. Maxime imaginait plus volontiers la flamboyante patronne des Pompes funèbres du Pays basque en train de chalouper sur les sables du circuit professionnel de surf, formant un angle parfait avec sa planche, le regard dardé sur les tubes marins, qu'au milieu des disparus et de ceux qui leur avaient survécu.

— Voici les certificats de décès, ainsi que l'attestation de crémation, précisa-t-elle, en lui remettant un dossier. Avez-vous finalement pris une décision pour les cendres ?

Maxime secoua négativement la tête. La veille déjà, en évoquant son devis, Arantxa lui avait proposé d'organiser l'inhumation des cendres, lui demandant s'il existait un caveau familial, ou s'il souhaitait contracter un bail pour une sépulture cinéraire, voire une case dans un columbarium, à moins qu'il préférât une dispersion au jardin des souvenirs. Avait suivi une énumération tarifaire adaptée à chaque proposition.

— Il est de mon devoir de vous rappeler les dispositions légales. Dorénavant il est interdit de conserver les cendres chez soi ou de les répandre hors des lieux prévus à cet effet.

— Pas de camping sauvage pour les morts, je comprends, répliqua Maxime, animé par l'envie de ne pas respecter le malheur.

Il lui sembla que tout allait trop vite, qu'il manquait du temps nécessaire pour agir de la meilleure façon. Cela ne datait pas des dernières vingt-quatre heures, ni de l'année qui venait de s'écouler. C'était un malaise plus ancien, qui remontait à son premier souffle. Cette prise de conscience l'oppressait, comme pour compenser cette respiration initiale et toutes celles qui l'avaient suivie. Mais personne ne revient en arrière, ne ravale le cri qu'il a poussé en naissant, n'annule les millions de litres d'air entrés et sortis depuis de ses poumons. Maxime se reprocha de n'avoir jamais considéré sa mère autrement que pour des raisons liées à sa propre survie. Il avait tort, mais il voyait les choses ainsi, dans la minuscule échoppe où les exemples d'épitaphes aux graphies ampoulées s'entrechoquaient sous ses yeux et saturaient son esprit de messages de miséricorde : *Que ton repos soit doux comme ton cœur fut bon, Ces fleurs sont peu de chose quand il faudrait un millier de roses, Ce ne sont pas les années qu'il y a eues dans la vie qui comptent, mais la vie qu'il y a eue dans les années.* Être nourri, être vêtu, apprendre à marcher, recevoir un enseignement, obtenir de sa mère toujours plus qu'il ne lui donnait. Avoir cheminé dans une première partie de son existence, mouvementée, mais balisée par l'amour. Puis, devenu adulte, n'avoir rien vu fondamentalement changer, leur relation sous pilote automatique, et ce d'autant plus que Muriel se trouvait éloignée par son métier, et que Maxime, progressivement, était absorbé par le sien.

Et voilà maintenant qu'on le pressait de prendre une décision pour ce qui restait d'elle. Quelques poignées de poussière auxquelles il devait offrir une destinée. Quand il lui avait été impossible d'adopter un comportement adapté alors qu'elle vivait encore. Un instant, il vacilla, incertain que l'équilibre l'emporte.

— Vous voulez un siège, monsieur ? lui demanda Arantxa Hirigoyen, à qui ce bref malaise n'avait pas échappé.

— Non, ça va aller, se reprit-il, en rapprochant le panier à commissions, et en y déposant l'urne.

Puis il ajouta, en inhalant une grande bouffée d'air :

— Je vais vous régler.

— Non, non, le solde sera prélevé sur le compte dont vous nous avez fourni le relevé d'identité bancaire. Comme convenu, le montant de la prestation est resté dans la limite des frais déductibles de la succession autorisée par l'administration fiscale...

Arantxa avait parlé d'une voix blanche, fixant le cabas distendu, aux anses noircies, avec un effarement à peine contenu.

— Vous savez, s'autorisa-t-elle, nous avons des boîtes pour transporter les urnes. Je vous l'offre, bien entendu. Elle est en carton, légère et très discrète.

— Ma mère adorait ce panier. Elle a fait le marché avec des milliers de fois. C'est très bien comme ça, je vous remercie.

— Bien sûr...

Il ne va quand même pas me mettre là-dedans ? Comme un kilo de poireaux ou une botte de radis ? Déjà, tout à l'heure, quand ils m'ont emmenée au crématorium, le corbillard a emprunté la route départementale, celle qui traverse la zone industrielle. D'accord, c'est toujours moins embouteillé que la nationale, et vu le nombre de services qu'ils doivent effectuer chaque jour, tout est minuté. Je peux comprendre. Mais franchement, après être passés devant Ikea et Castorama, on a eu droit à Picard. Pour un corps à peine refroidi, c'est un peu limite, non ? Tous ces gars des Pompes funèbres et leur patronne à la mine rayonnante, où ont-ils donc la tête? Elle, je connais la réponse : au minimum trois fois par semaine, fourrée sous une rampe à UV. Depuis quatre générations, les Hirigoyen enterrent dans la région. Ces gens-là ont creusé plus de trous dans le Pays basque que toutes les taupes et les lombrics réunis. Arantxa est la petite dernière, elle a repris l'affaire familiale lorsque son père a passé l'arme à gauche, devenant du coup son premier client. La mort ne fait jamais relâche, ni quand le soleil brille ni quand le week-end approche, alors il ne faut pas imaginer qu'à la tête de sa petite entreprise, elle peut se permettre de lézarder sur la plage. Sans compter ses cours d'anglais, trois fois par semaine. Bien obligée, on meurt de toutes les nationalités dans les régions touristiques. N'empêche, si elle ne fait pas gaffe au mélanome, elle ne tardera pas à se retrouver dans la zone industrielle elle aussi, et ce ne sera pas pour acheter un canapé.

Depuis qu'elle avait pris la direction des Pompes funèbres du Pays basque, la jeune femme avait croisé pas mal d'originaux. Notamment ce couple de millionnaires américains retiré dans la région, en quête d'urnes cinéraires ultralégères. Le moment venu, ils projetaient d'installer leurs cendres à bord d'un satellite et de les expédier dans l'espace afin qu'elles retombent un jour sous forme d'étoiles filantes. Ou ce veuf éploré qui avait installé une webcam dans la niche du columbarium, et ne laissait jamais passer une journée sans un petit tête-à-tête avec l'urne qui contenait les restes de son épouse. Et puis il y avait l'histoire de l'inventeur des tubes de chips Pringles, qui avait exigé que ses cendres soient placées dans un emballage de la marque. Mais le coup du cabas à commissions, on ne le lui avait encore jamais fait. Le rôle d'Arantxa s'achevait après la livraison d'une urne scellée. Ce qui se produisait ensuite ne la concernait plus. Raison pour laquelle elle renouvela ses condoléances à Maxime avant de le raccompagner avec obséquiosité jusqu'à la porte. Dans sa branche, à défaut de pouvoir s'adresser aux défunts qui constituent la véritable clientèle, on accorde la plus grande sollicitude à ceux qui demeurent en vie. Lesquels, dans certaines familles étendues, deviennent de fidèles apporteurs d'affaires. Ce n'était pas le cas de Maxime, qui, désormais, n'avait plus personne à enterrer ici. Au fond de lui, il savait qu'il ne mettrait plus jamais les pieds dans cette ville. Une fois sorti, il s'immobilisa sur le trottoir et attendit que la porte de la boutique se referme sur lui, son panier à commissions, lourd à l'extrémité de son bras droit.

Vu du ciel, ridé de minuscules flocons blancs, Maxime paraissait aussi droit qu'un pendule. Les épaules faiblement oscillantes, ses pieds rivés au sol, son ombre courte et cylindrique projetée à sa gauche. En face de lui, la gare construite en pierre de taille blanche ornementée de brique rouge, dressée en plein soleil. Entre les deux, une large avenue où grondait le trafic incessant des voitures. À trente reprises cette année, il était sorti de cette gare, puis s'était engouffré dans le passage souterrain qui permettait d'éviter la circulation, ressortant à quelques mètres à peine de la devanture des Pompes funèbres du Pays basque, sans penser qu'un jour il aurait à pénétrer dans la boutique. À cet instant, Maxime fut saisi d'une envie irrépressible de s'élancer au milieu des voitures, traverser, pousser les portes de la gare, se ruer sur un quai et sauter dans le premier train en partance. En direction de Paris ou de l'Espagne. Peu importait. Déposer son encombrant fardeau dans un logement à bagages et ne plus être là. Mais il ne bougea pas. Une brise marine s'était levée et soufflait depuis le port. Elle lui effleura le visage, chuchota l'iode et le sel à son oreille. Alors, relevant le front dans l'éblouissement du soleil, il sut exactement ce qu'il allait faire des cendres de sa mère. Il renonça à traverser et se dirigea d'un pas alerte vers sa droite, son cabas devenu subitement moins pesant.

Toute ma vie, cet enfant m'a porté sans le savoir. Sans imaginer à quel point son existence était mon plus solide soutien. Et maintenant le voilà qui continue, lesté de quelques centaines de grammes au fond d'un panier à commissions, dont il se demande visiblement ce qu'il va faire. Cela n'a aucune importance de mon point de vue. Nos cendres et nos ossements ne racontent rien, ils ne font que créer un lien artificiel avec un territoire, une obligation pour ceux qui ont encore leur temps à effectuer. Et je refuse d'être plus embarrassante disparue que présente. Durant son enfance, j'ai chahuté Maxime comme une peluche, le prêtant à mes copines, toujours ravies de jouer les nounous entre deux bouffées de cannabis, ou le confiant à de telles quantités de jeunes filles au pair qu'avant ses dix ans il se débrouillait dans cinq ou six langues. Pendant ce temps, j'allais recueillir dans la fournaise des mines d'or de Johannesburg de poignants témoignages des ouvriers noirs, ou je me rendais en Amazonie afin de dénoncer les déforestations massives. Maintenant je ne suis plus là, mais mon absence n'engendrera guère de bouleversement. Les vivants ne vivent pas conjointement. Les gens que l'on dit proches ne sont pas ensemble aux mêmes endroits. Ils peuplent les rêves ou les fantasmes mais restent en réalité des inconnus les uns pour les autres. Bien entendu, ils se rencontrent, se croisent lors d'une cérémonie de mariage, au retour du travail, à l'occasion du dîner, ou s'unissent dans leurs lits quand ils n'y dorment pas. Mais ces moments de vie commune ne représentent que la pointe visible de l'iceberg. La solitude qui s'étend sous la surface de l'humanité constitue un gigantesque bloc bleuté, plus résistant qu'une coque d'acier. Cela m'a souvent amenée à regretter de n'appréhender de Maxime que l'image du fils qu'il endossait en ma présence. Et voilà que les circonstances me donnent l'occasion de l'observer de près, clandestine à son bord. Qui songerait à s'en plaindre ? J'ai adoré vivre, j'ai goûté chaque instant passé sur cette terre, mais je sens que si ça continue, je pourrai apprécier la mort.

Maxime, une paire de lunettes de soleil sur le nez, se dirigeait vers le boulevard Victor-Hugo. Il sentait, au bout de l'anse, le balancement régulier du cabas, équilibré par le poids de l'urne. Un fin sourire sur son visage témoignait d'une forme particulièrement heureuse de détermination. Sans doute goûtait-il à l'avance la décision qu'il avait prise. Son sourire trahissait aussi une pointe d'ironie tournée contre lui-même. Car enfin, comment, après avoir opté pour la crémation, n'avait-il pas automatiquement songé au devenir des cendres ? Maxime était un chercheur, rodé à décomposer un problème complexe en une suite de problèmes plus simples, qu'il traitait successivement avec une virtuosité intellectuelle, enviée de ses collaborateurs. Par contre, tant qu'une séquence n'était pas résolue, il se trouvait dans l'incapacité d'aborder la suivante. Ce qui faisait la différence en dernier lieu, et lui conférait un temps d'avance sur ses semblables, était la stupéfiante vivacité opératoire de sa pensée. Les uns sont endurants et remportent des victoires au marathon, les autres ont une réactivité neuromusculaire telle qu'ils surpassent tous leurs concurrents au sprint.

Maxime, lui, convenait que la nature l'avait doté de synapses particulièrement fonctionnelles.

D'abord, il avait été obsédé par la nécessité de trancher entre crémation et ensevelissement, fouillant en vain dans sa mémoire, à la recherche d'une indication laissée par Muriel. Sa mère avait eu la bougeotte toute sa vie. Personne n'aurait pu recenser les avions de tous âges et de tous modèles dans lesquels elle s'était engouffrée munie d'une caméra et d'un micro, sitôt un rédacteur en chef ou un producteur de documentaires convaincu par son sujet de reportage. Et puis, sept ans auparavant, elle avait brusquement décidé de se fixer à quelques kilomètres de Saint-Jean-de-Luz. Ses économies servant à régler la caution locative et les travaux de rénovation de l'ancienne bergerie en pierre. Pourquoi Muriel s'était-elle attachée aux terres bosselées du sud-ouest de la France ? À cause du fracas infiniment répété des rouleaux couronnés d'écume ? Pour la singularité d'une langue aux racines énigmatiques, dont elle avait commencé à étudier la grammaire ? Par affinité avec un peuple établi entre deux nations, et depuis toujours migratoire ? Tout à la fois ? Il en ignorait la véritable raison. Elle n'avait jamais répondu de façon convaincante à ses questions. Elle les éludait plutôt en prétextant une vague opportunité financière, ce qui ne lui correspondait absolument pas. Maxime aurait pu choisir d'inhumer la dépouille de sa mère dans le cimetière communal, mais il était profondément persuadé que si la mort ne l'avait pas retenue, Muriel se serait un jour ou l'autre remise en mouvement. Dans les Andes, au Laos, au Brésil, avec dans ses bagages les carnets sur lesquels elle dessinait et consignait les mensurations de ceux qu'elle aimait. Un matin on recevait une robe depuis Manaus ou bien une étole du Timor et on savait qu'elle avait repris son vol. Tantôt au levant, face aux flèches que le soleil dardait sur le fuselage. Tantôt au couchant, rattrapée par la nuit qui éteignait les vastes étendues de nuages. À sa place exacte dans la ronde des hommes et des éléments. Et cela avait guidé le choix final du fils. L'intuition intime que sa mère n'était destinée à sédimenter nulle part. Ensuite tout s'était déroulé à une vitesse stupéfiante, le rendez-vous fixé au crématorium, le trajet dans la zone industrielle, le recueillement dans la salle parcourue de bancs clairs et le départ du cercueil sur le tapis roulant, sa disparition dans la trappe du four.

À proximité de la halle, Maxime s'apprêtait à traverser la chaussée lorsqu'il entendit le vrombissement d'une moto. Avant d'apercevoir l'engin, il s'immobilisa. Ce n'était pas le moment de se faire renverser. Lui vint à l'esprit l'image de l'urne qui tourbillonnait dans l'air entre les immeubles dressés de part et d'autre de la chaussée, se figeait un court instant en apesanteur avant de retomber sur le sol et de se briser en répandant un nuage gris et léger sur les chromes de la moto. Il voyait le pilote abasourdi, se relever, contraint d'essuyer la visière de son intégral, et s'imaginait lui-même étendu, immobile sur le pavé, couvert d'une pluie de cendres.

La moto passa devant lui, ralentit et tourna.

Le téléphone de Maxime vibra dans sa poche. Il eut la conviction qu'il s'agissait d'Elena avant même d'avoir consulté l'écran.

— Tu m'excuses, lança-t-elle, aussitôt qu'il eut décroché. Je ne voulais pas te déranger, mais j'avais tellement envie de savoir comment tu allais...

Maxime connaissait la réponse attendue. Plus il semblait accablé, mieux elle pouvait voler à son secours. Parfois il lui semblait qu'Elena puisait dans le malheur d'autrui une nourriture précieuse, l'absorbait à la manière d'une pierre poreuse et en restituait l'essence sous la forme d'agissements qui la rendaient indispensable.

— Ça va, Max ? reprit-elle, comme il restait muet.

Il ne se força pas à déguiser la vérité. Depuis qu'il savait ce qu'il allait faire des cendres, une forme de jubilation paradoxale l'habitait.

— Ça va très bien, répondit-il calmement.

Un silence étonné fit écho à sa phrase, puis Elena sembla se ressaisir.

— Et la crémation, ce n'était pas trop difficile ? Il y avait du monde ?

— Non, personne, j'étais seul. Je n'ai pas voulu sacrifier au rite de l'annonce dans le journal. Ses vraies amies sont à des milliers de kilomètres. J'ai laissé des messages hier...

— Et on t'a remis les cendres ?

— Je les ai avec moi.

— Qu'est-ce que tu vas faire, alors ?

— Je vais l'emmener au marché.

— Quoi ?

— On est vendredi, je vais emmener ma mère au marché.

Je ne sais pas ce qui me réjouit le plus. Qu'une idée pareille germe dans la tête de mon fils ou d'imaginer celle que doit faire Elena en ce moment. Point besoin de matérialité pour être touchée, ni de cœur pour qu'il soit atteint en plein centre. Je suis transportée ! C'est le moins qu'on puisse dire. J'ai adoré me rendre en ce lieu, chaque mardi et chaque vendredi. Pour faire mes courses, mais aussi flâner, sentir, entendre les voix fortes, l'accent du Sud-Ouest. En sept ans, je n'ai pas souvent manqué à l'appel. Maxime s'en moquait gentiment, lui qui m'avait connue si difficile à joindre des années durant, et savait désormais où me localiser, deux fois par semaine. Quelque part du côté des cageots de pêches et des bottes de ciboulette. Je me levais tôt pour précéder la foule des touristes, descendais en ville d'un coup de voiture et commençais ma tournée par les étals dressés sur le parvis extérieur, exactement à l'endroit où Maxime se tient à présent avec mon cabas à commissions.

L'hiver, les commerçants ne sont pas nombreux hors de la halle, mais dès les beaux jours les producteurs des villages alentour ou des vallées plus lointaines déferlent avec leurs camionnettes. La placette se transforme en un labyrinthe parfumé, où le tout-venant des chalands s'égare entre les alignements de jambons assaisonnés au piment d'Espelette, les fromages de brebis, et les bocaux de foie gras artisanaux. J'avais mes repères, bien sûr. Et mes têtes aussi. Il y a des maraîchers à qui je n'aurais pas pris une pomme de terre, même s'ils me l'avaient offerte, même si j'avais dû mourir d'inanition. Et d'autres, à l'inverse, devant lesquels je ne pouvais me présenter sans acheter une livre de tomates ventrues et juteuses, et tant pis s'il m'en restait à la maison. Après tant d'années d'errance et de bourlingue, c'était pour moi une façon de me sentir appartenir à une communauté. Ces gens-là m'ont accueillie à bras ouverts, avec leurs sourires, leurs confidences, et leurs produits. Certains sont devenus peut-être pas des amis, mais suffisamment familiers pour que je partage avec eux des pans de ma vie. S'ils n'ont pas rencontré Maxime, ils sont malgré tout quelques-uns à le connaître, via les fiers récits de sa mère. Tout cela a largement contribué à ce que la ville de Saint-Jean-de-Luz soit pour moi indissociable de son marché. Il faut comprendre, j'ai atterri dans cette région à cause d'une erreur de jugement. La simple évocation de ce malentendu, et de la désillusion que j'en ai conçue, bouleverse encore ce qui me sert d'âme, quel que soit le nom que l'on donne à cette poche d'émotions confuses. Mais j'ai fini par me fixer ici contre toute attente. J'y ai trouvé un havre, dont cette halle a constitué l'épicentre. Une scansion nouvelle de la vie, cadencée par deux rendez-vous hebdomadaires. Ce marché-ci n'est pas vraiment différent des marchés provençaux, des marchés parisiens, ou de ceux que chacun fréquente dans sa ville, ou son arrondissement. Il ressemble à ceux que j'ai traversés dans de nombreuses cités étrangères. Souks, bazars ou caravansérails, il n'y a guère d'endroits aux rites mieux partagés. Dans des dédales de planches, sous des tôles ondulées, au travers de parois bâchées, on parle le même langage, on hume, on goûte, on soupèse, on interroge sur le prix, on marchande, on emballe et on emporte. La liturgie se présente pareillement aux croyants comme aux athées, aux riches comme aux pauvres. L'instrument indispensable restant, de façon universelle, le contenant. Sac, papier, plastique, jarre, osier tressé, porté sur le dos, le crâne, au bout du bras. Ou ce bon vieux cabas, dans lequel j'ai maintenant l'impression de voyager comme en première classe.

Une poignée de fraises surgit sous les yeux de Maxime, suivie de peu par un menton en galoche et un nez en bec d'aigle qui tentaient de se rejoindre à l'ombre d'un béret basque. Le grand échalas d'une cinquantaine d'années, un foulard rouge vif noué autour du cou, adressait à Maxime un regard farouche. S'il n'y avait eu les pyramides de fruits appétissants disposées sur son étal, on aurait pu croire qu'il allait le détrousser.

— Mara des bois, les premières ! lança-t-il avec un accent qui roulait comme les galets dans les torrents pyrénéens.

Maxime comprit qu'il n'avait d'autre issue que de goûter, ce qui n'était pas difficile tant le parfum promettait, entre ses doigts, puis sous son nez, tandis qu'il approchait de ses lèvres le petit fruit couleur de brique, l'écrasait sous ses dents, laissant le nectar au gout de fraise des bois se répandre sur sa langue, tapisser son palais. Il écarquilla les yeux et opina avec enthousiasme.

— Si vous n'en avez pas encore mangé cette année, il faut faire un vœu !

Évidemment, Maxime n'aurait eu qu'un vœu à exprimer. Après tant de voyages ici, que le dernier eût été celui de la guérison de Muriel. Qu'après cela ils fussent repartis tous les deux et que lorsque sa mère eût recouvré l'ensemble de ses forces ils s'en fussent allés ensemble sur les routes pour la première fois. Mais la fraise venait trop tard.

Il sourit poliment au Basque et désigna une barquette.

— Deux euros cinquante l'une, mais je vous laisse les deux pour quatre, glissa celui-ci, sur un ton de confidence, les traits adoucis.

— Oui, deux. D'accord. C'est très bien.

Après tout, il était là pour faire le marché, pas pour lésiner.

— Je vous les mets dans des poches ?

— S'il vous plaît.

— Passez-moi votre cabas, dit-il en tournant une feuille de papier kraft autour de chaque barquette.

— Non, non, c'est bon, réagit Maxime en serrant machinalement les anses. Je vais les ranger moi-même.

— Elles sont fragiles, vous savez.

— Oui, oui.

Maxime paya et disposa les deux barquettes enveloppées au fond du panier, à côté de l'urne. Puis, sensible à la recommandation du marchand, décida de les déplacer et allongea l'urne à l'horizontale afin de poser les barquettes dessus. Ne manquerait plus que maman écrase les fraises, pensa-t-il, tandis que le marchand ne pouvait s'empêcher d'observer par-dessus son épaule. Maxime se tourna pour lui masquer la vue.

— Merci beaucoup, lâcha-t-il en se redressant.

— Dites, monsieur ?

— Oui ?

Maxime le fixa, inquiet. Le producteur de fraises affichait de nouveau un visage fermé.

— Ne les mettez pas au frigo, ça les tuerait.

— Oui, bien sûr, répondit Maxime, qui sentit le sang refluer de ses joues.

Il s'éloigna d'un pas lent, son projet lui paraissant frappé d'une monstrueuse indécence. Manquait-il de respect à Muriel ou à ceux qu'il pourrait rencontrer, dont la plupart ignoraient même qu'elle était morte ? Tandis qu'il poursuivait sa déambulation au milieu des commerçants du parvis, des fragments de dialogues imaginaires s'entrechoquèrent dans sa tête. « Bonjour, vous êtes Maxime, n'est-ce pas ? Comment va votre maman ? – Très bien merci, elle est là avec moi, là. » Et eux de tourner la tête à droite, à gauche, de chercher en vain le visage de Muriel dans la houle des épaules et des têtes, entre les vitrines réfrigérées, gorgées de victuailles. Heureusement, ici, personne ne risquait de le reconnaître. Depuis un an, il passait le plus clair de son temps en compagnie de sa mère, épuisée, dans la bergerie, ou, s'il venait au ravitaillement, le faisait seul.

Parvenu devant le porche qui marquait l'entrée orientale du marché couvert, il repoussa le moment de pénétrer dans le ventre de la halle résonnant d'échos désordonnés, imprégné d'odeurs de viande et de marée, cavité humide où séjournaient celles et ceux à qui Muriel rendait visite chaque semaine depuis sept ans. Il se détourna en direction de l'éventaire d'un marchand de primeurs, préleva au passage une botte de ces poireaux nouveaux, courts et à peine plus épais que des asperges, dont la saveur sucrée se révélait après un bref séjour dans l'eau bouillante. Muriel aimait les déguster à peine tièdes, irisés d'un filet d'huile d'olive.

— Tiens, je t'ai pris tes petits poireaux...

Il lui avait parlé, comme si elle se tenait à son bras, sans espoir d'être entendu. On parle pour soi aux morts, pour rattraper une partie du temps perdu, pas pour qu'ils vous répondent. Simplement, il s'exprimait à voix basse pour ne pas se faire remarquer. Dans le tohu-bohu jovial, au milieu des interpellations amicales des commerçants, de leurs appels à dégustation et des exclamations des clients, un touriste, soliloquant, son cabas au bout du bras, n'attirait pas l'attention. Il commenta également une botte de radis, après en avoir goûté un, rond comme une cerise, à la peau rubis, à la chair blanche aussi épicée qu'un piment.

— Ils piquent fort, ceux-là...

— C'est parce qu'ils ont manqué d'eau, intervint une jeune marchande à la silhouette fluette, aux bras couverts de tatouages colorés. Il n'a pas assez plu au début du printemps, mais ça va changer. Vous connaissez bien la région ?

Maxime détacha son regard du motif floral qui serpentait sous la maille de son T-shirt et tomba sur l'anneau qui lui traversait la lèvre inférieure.

— Pas vraiment, non, se reprit-il. Je viens de temps en temps.

— On dit qu'au Pays basque, il ne pleut que deux fois par an.

— Ah bon ? s'étonna-t-il.

Il lui semblait pourtant qu'il avait plu à chacune de ses venues et que la région avait préempté toutes les nuances de vert disponibles dans la nature afin d'en couvrir ses collines et ses montagnes.

— Oui, de juillet à janvier et de février à juin ! termina la petite punkette en souriant. Les radis seront plus doux dans les semaines à venir. Et avec ça ?

— C'est tout, merci.

Il paya, rangea poireaux et radis, tâta l'urne au passage, vérifia que le couvercle était en place, puis avança d'un rang, jouant des coudes, prenant garde qu'on ne heurte pas son précieux chargement. La foule se pressait en un bruissement continu d'où se détachaient le refrain enjoué des vendeurs et les protestations des marchandeurs les plus acharnés. Les toiles enduites aux couleurs traditionnelles rouges, vertes et blanches du Pays basque filtraient les rayons du soleil qu'aucun nuage ne venait plus contrarier. Sous les auvents en tissu, les visages des protagonistes se paraient de teintes primaires. La température était montée de plusieurs degrés et Maxime se mit à transpirer à grosses gouttes, s'écartant du courant principal. Il se retrouva face à un éventaire isolé sur lequel se dressait un monticule de courgettes d'un vert vif, prolongées d'une fleur jaune pâle. À son approche, le cultivateur en saisit une, déployant les cinq longs pétales, comme on ouvre les doigts d'une main.

— Ce sont des femelles ! s'exclama-t-il. Les mâles ne gardent pas leur fleur bien longtemps. C'est un peu comme nous.

Maxime fut frappé par les larges paluches de l'homme tavelées de taches brunes, leur peau épaisse comme de l'écorce, crevassée en plusieurs endroits. Elles tranchaient avec son visage joufflu et imberbe, enfoui dans la ligne large de ses épaules et le ton de sa voix étonnamment fluet. Comme si les mains avaient vécu plus d'années que la tête.

— Oui? s'étonna l'homme qui remarqua que Maxime le détaillait avec insistance.

— On ne s'est pas rencontrés déjà?

— Je suis ici toutes les semaines, maugréa le cultivateur dont le regard devint soupçonneux.

— Non, ce n'est pas ça, excusez-moi... Je vais vous en prendre alors.

L'homme toisa Maxime, hésitant visiblement à le servir.

— Combien? finit-il par demander.

— Quatre ou cinq.

Il en tâta huit qu'il pesa et en rejeta une, au profit d'une autre à la fleur plus épanouie.

— Ça fait deux kilos.

— Très bien.

Maxime, qui avait l'impression d'avoir été reçu à un examen, n'allait pas chipoter pour trois courgettes.

— Si vous faites des beignets avec les fleurs, vous ne les lavez pas, ce n'est pas la peine, juste les gratter délicatement au cas où il se trouve une ou deux impuretés, mais par contre vous écartez les pétales pour vérifier qu'une fourmi ne s'y est pas égarée. Ça arrive de temps à autre. Voilà, ça vous fera cinq trente !

À l'époque de la lutte armée, Gorka Olazabal était un des artificiers de l'ETA, plus réputé pour son maniement des explosifs que pour la friture à beignets. Alors, évidemment, il a gardé un petit côté méfiant, mais c'est un brave gars, aujourd'hui retiré des affaires, qui cultive ses terres, non loin de la bergerie, et tous ceux qui prétendent que ses commandes d'engrais excèdent largement les besoins de son exploitation sont de mauvaises langues. Seul spécimen masculin de sa famille à avoir échappé à la prison, il manifeste certains dimanches en compagnie d'Elisabete, sa sœur – l'interne qui s'est si bien occupée de moi lors de mon hospitalisation – de leur mère, de ses cousines, et d'autres familles de détenus devant la mairie de Saint-Jean-de-Luz. Ils se réunissent autour du kiosque à musique, brandissent des pancartes et réclament l'abrogation du statut de prisonnier politique des Basques éparpillés dans des maisons d'arrêt sur tout le territoire. L'ambiance est bonhomme, les manifestants et les gendarmes se connaissent, ils tapent régulièrement la pelote au fronton et éclusent quelques verres de patxaran Chez Kako. Les commandos paramilitaires du GAL espagnol ont cessé leur activité depuis une génération, Iparretarrak a été dissoute et la place Louis-XIV ne sera jamais la place de Mai. Ici, l'heure avance, les places de stationnement sont saturées aux alentours du boulevard Victor-Hugo, les voitures s'arrêtent en double file, feux de détresse allumés, les files s'étendent devant les distributeurs automatiques des banques, les populations convergent en direction de la halle, le marché s'emplit de femmes et d'hommes, flâneurs anonymes dont certains ont pu jouer un rôle dans ma vie et d'autres, dans celle de Maxime, ou pourraient être appelés à en jouer un. Les incidences entre les corps massés sur une aussi étroite bande de vie se multiplient et le hasard y prospère, aussi à son aise qu'un légume dans un terreau gras et fertile. Je me plais à envisager qu'en faisant son marché, mon fils va à la rencontre de ses propres choix et qu'à chaque pas, désormais, c'est son avenir qu'il arpente.

Une exhalaison d'essences végétales attira Maxime en direction d'un jardin d'herbes folles qui proliféraient à même le trottoir. Par dizaines, des pots d'estragon, de sauge, de ciboulette, de cerfeuil et de coriandre, entassés dans des cagettes, entremêlaient leurs verts et leurs arômes. Comme une volée de moineaux exaltés, les clients fondaient sur les feuillages mouchetés de fleurs violettes et blanches, s'en saisissaient, proposaient un billet, empochaient la monnaie, avant d'enfouir leur butin au fond de leur sac, chacun ressortant de la mêlée, suivi d'un panache de verdure. Derrière, de l'autre côté de la chaussée, s'étendait la terrasse du restaurant Chez Kako, institution luzienne aux mains d'une famille de l'arrière-pays dont l'arbre généalogique figurait en bonne place dans les toilettes. Chaque matin, les habitués du marché venaient prendre place sur les chaises en osier, ou au bar, à l'intérieur. À l'aller, pour y boire un café. Au retour, le cabas plein, pour déguster un verre de jurançon bien frais. Des années durant, Muriel avait sacrifié à l'escale sans exception, y trouvant l'occasion de converser avec Monique, la patronne, dont elle avait vanté à Maxime la gentillesse et l'efficacité, égales, quelles que soient la saison et la multitude de touristes. Maxime était venu dîner chez Kako la semaine précédente, lors de sa dernière soirée en ville, après qu'Elisabete Olazabal lui eut laissé entendre que la fin était proche, même si personne ne pouvait prédire le moment où Muriel abandonnerait la lutte. En traversant la rue, comme aspiré par ce souvenir douloureux, et en prenant place à la table qui venait de se libérer, Maxime se concentra avec intensité sur l'évocation de l'ultime journée qu'il avait passée avec sa mère. Comme à son habitude, il s'était assis près du lit d'hôpital peu après midi. La plupart du temps, Muriel restait sans réaction. Lors de son arrivée dans le service, ses brûlures lui avaient provoqué de telles douleurs que l'interne l'avait placée sous morphine, ce qui avait achevé d'écharper sa conscience. Pourtant, cet après-midi-là, alors qu'il relevait la tête, il l'avait surprise, les yeux grands ouverts, son regard bleu, devenu si transparent qu'un abîme y logeait, dardé sur les aquarelles scotchées aux murs de la chambre. Pas un frémissement n'avait trahi son éveil. Maxime en était certain, c'était bien de cela qu'il s'agissait, et non d'un mouvement réflexe, car maintenant il voyait les pupilles de Muriel se déplacer d'une peinture à l'autre scrutant l'ondoiement des encres dans le soleil filtré par les persiennes. En la voyant ainsi absorbée par les vibrations lumineuses des silhouettes des pêcheurs et l'agitation du port et des quais, il avait conçu une joie intense, doublée de la fierté de voir le sang dont il était issu démentir les propos des médecins. Muriel n'avait pas dit son dernier mot, et il s'en félicita, augmentant sensiblement la pression sur les os frêles de ses doigts.

— Maman ? Maman ? Tu es réveillée ? Je suis là.

— C'est un peu appliqué, non ? avait-elle répondu, d'une voix tellement affaiblie, qu'elle obligeait Maxime à se pencher au plus près de ses lèvres fendillées, jusqu'à sentir un souffle âcre effleurer son visage.

— De quoi tu parles, maman ?

— Des marines, là... au mur. On dirait qu'ils ont plongé leurs pinceaux dans une bassine. Qui les a peintes ?

— C'est toi...

— Ah ça, ça m'étonnerait. Je n'ai jamais su peindre.

Maxime était demeuré sans réponse, il avait regardé sa mère refermer ses yeux, sans se douter que plus jamais elle ne les rouvrirait. Muriel n'avait cessé de peindre depuis l'adolescence, ne partant jamais en reportage sans son carnet à croquis et sa boîte d'aquarelle. C'était le loisir qu'elle avait le plus pratiqué. Elle y consacrait des journées entières, et avait fini par posséder une véritable maîtrise. À plusieurs reprises des galeristes lui avaient proposé d'exposer mais elle avait systématiquement refusé. Maxime n'avait pas réalisé combien les propos qu'elle venait de tenir niaient une partie cruciale de son identité et annonçaient la fatale issue. Au contraire, il avait pris cet échange pour la preuve que l'espoir perdurait, que sa mère était encore capable de réactions et avait décidé de forcer la chance, de rentrer le soir même sur Paris, dînant rapidement chez Kako en attendant son train.

— Monsieur ? Qu'est-ce que je vous sers ?

Maxime prit conscience que Monique, la patronne, se tenait face à lui et répétait sa question avec une douce insistance.

— Pardon... Un café, s'il vous plaît, et un verre d'eau glacée, commanda-t-il en serrant le cabas entre ses pieds, pour éviter qu'il ne bâille.

Monique acquiesça tout en lançant un « adiou ! » enjoué, en réponse au salut d'un couple qui cheminait sur le trottoir d'en face, leurs quatre mains lestées de filets à provisions bien garnis.

— *Ongi, Monique ? Mahai ttipi bat atxikiko diguzu eguerdiko ?*

— *Barnean edo kanpoan ?*

— *Barnean, erran dute haize ainitz izanene zela ! Gero arte*[1] *!*

Le basque s'invitait dans la conversation pour souligner une complicité, marquer une prérogative, il chantait ses phonèmes inusités, ses consonnes claquantes, et tout le monde postulait, ici, qu'il devait être compris, sinon parlé. Il retentissait dans les fêtes de village, fleurissait en inscriptions sur les devantures des boutiques et résonnait dans les gorges des chœurs d'hommes au plus profond des églises. Les enfants l'apprenaient à l'école, les panneaux de signalisation à l'entrée des villes portaient les deux noms, ainsi Saint-Jean-de-Luz était *Donibane Lohizune* et dans les sept provinces, dont la plus grande superficie se situait en territoire espagnol, les bascophones entretenaient leur langue comme on chérit la flamme au cœur de la nuit. Ils avaient un flair infaillible pour reconnaître entre mille qui maîtrisait l'*euskara* ou non.

— Cette femme a le chic pour se refaire la mise en plis les jours de grand beau, s'amusa Monique en passant rapidement une lingette sur la table. Je lui demande toujours si elle veut manger en terrasse, mais je connais la réponse à l'avance... Trop peur d'être décoiffée. En plein mois d'août elle réclame la table tout au fond de la salle, près de la cuisine.

---

1. — *Ça va, Monique ? Tu nous réserves une table pour midi ?*
— *Dedans ou dehors ?*
— *Dedans, ils annoncent du vent ! À tout à l'heure !*

Puis elle regagna l'intérieur du restaurant en interpellant son mari : « Kako ! Tu me dresseras la table pour les mulots ! »

Maxime, jusque-là tendu à l'extrême par le chagrin, s'enfonça dans le siège à la recherche d'une position qui le soulage. Le recul que lui procurait l'observation depuis la terrasse du café lui permit de constater la normalité apparente du monde. Les Luziens d'origine ou d'adoption vaquaient à leurs occupations, rassemblés autour de la halle, de la même manière que lui, attablé, offrait l'apparence d'un client ordinaire. Certains parmi eux vivaient des ruptures amoureuses, peinaient à joindre les deux bouts ou pleuraient également la disparition d'êtres chers, mais de l'extérieur ils formaient une société unie, lissée, aux secrets soigneusement dissimulés. Il aurait fallu explorer la profondeur de bien des cabas pour en savoir plus. Depuis des années Maxime participait dans les laboratoires à l'élaboration des traitements médicaux du futur, il explorait les édifices moléculaires, penché sur les liaisons invisibles desquelles avaient surgi la vie, les roches et les arbres. À la longue, il était devenu familier des abîmes minuscules, capable de se projeter par la pensée dans les espaces où s'impatiente le geste électrique, parmi les particules, à la source de forces si puissantes qu'elles pouvaient annihiler en un instant des milliards d'années de création. Mais aussi, par analogie, son esprit était capable de prendre son essor dans l'infiniment vaste étendue des galaxies, rendre visite aux confins du cosmos comme s'il s'agissait de simples quartiers de son enfance. Il en avait acquis la conviction que la désagrégation et la rareté étaient les règles de l'Univers. Où que l'on fixe son regard, corpuscules et planètes s'égaraient dans le vide et de cet éther avait surgi l'homme, n'ayant pour combattre l'irrépressible sentiment du vertige que les maigres outils de la science ou de la foi. Mais, quelles que soient la formation d'un humain, son expertise dans le domaine du vivant, rien ne pouvait le préparer à appréhender la mort de sa mère, la disparition de ce qui était soi au départ. Maxime se demanda par quelle torsion de la pensée on pouvait envisager que certains décès soient plus supportables que d'autres. Par exemple, si l'on savait leur survenue inéluctable. Un accident de voiture, une fusillade ou une noyade produisent le même résultat que la lente extinction des énergies du corps, la disparition programmée d'un souffle. Au fond, les morts se valent et engendrent plus d'égalité que les naissances.

— Votre café, monsieur !

L'intervention arracha Maxime à son vagabondage mental. Une muraille de verres emplis de boissons colorées, de canettes et de coupes de glace venait d'apparaître dans son champ de vision, réanimant le monde autour de lui, suscitant le retour d'un joyeux brouhaha, tandis que Monique, concentrée et méticuleuse, saisissait une tasse au milieu du plateau et la posait devant lui.

— Merci, dit-il en se recalant dans son siège.

— Ça vous dérange si je vous prends la deuxième chaise, vous attendez quelqu'un ?

— Non, pas vraiment.

De sa main libre, elle s'en empara et l'installa à la table en vis-à-vis, qu'elle balaya d'un bref coup de lingette. Puis elle y déposa un jus d'orange prélevé sur son plateau et l'abandonna en lançant par-dessus son épaule :

— C'est bon, ma chérie, tu peux t'asseoir !

Monique repartit en slalomant vers l'extrémité de la terrasse squattée par une ribambelle de blondinets turbulents, déclenchant un concert d'exclamations suraiguës impossible à endiguer.

Qu'on leur colle au plus vite leur glace dans le bec, ronchonna mentalement Maxime, en entendant les parents s'épuiser à ramener le calme dans une langue qui semblait être du hollandais. Puis il détourna le regard lorsque la cliente invitée par Monique vint prendre place devant le jus d'orange, ne pouvant s'empêcher de lorgner au passage ses fesses qu'un pantacourt moulant révélait plus qu'il ne les habillait. Un triangle de transpiration dans le dos de son débardeur pointait vers ses reins, au milieu d'une ligne de chair claire que le tissu ne couvrait pas et lorsque la jeune femme déplaça légèrement la chaise pour s'asseoir, sa poitrine, moulée par l'élasthanne, se retrouva dans la ligne de mire de Maxime. Évidemment, s'il avait choisi de porter son attention en priorité sur le visage de cette jeune femme et non pas sur le reste de sa silhouette, il se serait évité la situation humiliante de se voir découvert par Maylis en train de la reluquer. Il sentit son visage s'empourprer et ne sut ce qui dominait, la honte ou la surprise de retrouver l'infirmière de sa mère, un casque stéréo sur les oreilles, pile en face de lui. En repensant aux cendres de Muriel qui reposaient à ses pieds, entre deux barquettes de fraises et une botte de radis, il espéra être frappé par la foudre, mais le ciel était totalement dégagé. La lune elle-même avait invité sa pâle silhouette dans un coin de l'horizon, probablement pour faire un clin d'œil au destin.

Ce qu'ignorait Maxime, c'est que l'embarras était totalement réciproque. Maylis n'en menait pas plus large que lui. Elle aurait voulu se gifler pour avoir eu l'idée saugrenue de se désaltérer au lieu de rentrer tout droit chez elle prendre une douche. Dire qu'elle avait évité la cérémonie pour ne pas se retrouver en présence de Maxime, et maintenant voilà qu'avec son allure de folle, sa tenue de sport impudique, ses chairs en sueur, ses cheveux collés, elle tombait sur lui. Il devait la prendre pour une fille sans cervelle et la gêne évidente qui l'avait saisie traduisait au mieux la colère, au pire le mépris. Instinctivement, elle ôta son casque et serra ses bras devant sa poitrine, recourbant nerveusement ses doigts autour de ses coudes.

— Écoutez, je suis désolé, dit Maxime pour prendre les devants, je ne vous avais pas reconnue.

— Oh, moi aussi, moi aussi, embraya-t-elle, je suis tellement désolée...

Elle se mordit la lèvre. S'il lui demandait de préciser ce qui la navrait, allait-elle résister à l'envie de tout lui avouer ? Au point où elle en était. Atteinte par la perte de Muriel. Atterrée ne pas pouvoir lutter contre le sentiment incongru qu'elle éprouvait à l'égard de Maxime. Honteuse de s'être dérobée, le matin même, à la cérémonie. Son cœur battant la chamade comme au plus fort de sa course sur la falaise. Elle se sentait comme un lapin pris dans les phares d'une voiture en pleine nuit.

— Enfin... je l'aimais tellement, reprit-elle. Je ne sais pas comment vous le dire.

Elle porta son verre de jus d'orange à sa bouche, pour masquer sa gêne, mais aussi le sentiment indéfinissable qui la gagnait, probablement une forme de libération, d'avoir pu faire usage de mots tels que « aimais tellement », et « comment vous le dire », en face de lui.

Maxime, de son côté, était terriblement ému par la fragilité qui perçait dans la voix de Maylis. Naturellement juvénile, et maintenant vibrant à se rompre. Il n'ignorait rien de ce qui unissait l'infirmière à sa mère. Il avait appris que lors de la semaine d'hospitalisation de Muriel, Maylis avait continué à lui rendre visite chaque jour, cependant que, par un étonnant caprice du hasard, ils ne s'y étaient jamais croisés. Mais quelque chose d'inédit lui tombait dessus comme une averse d'été, brusque et chaude, sous laquelle on aurait envie de rester : la possibilité d'un chemin direct entre la jeune femme et lui, rendu accessible par la disparition de Muriel.

Tous les joueurs le reconnaissent, et j'en ai croisé un certain nombre dans ma vie, qu'ils soient flambeurs de casino, turfistes acharnés ou prétendants à un bracelet de poker, le hasard est un loup impossible à domestiquer. Le gagnant est toujours celui qui est le plus prompt à éviter la morsure. Mais un tel coup de croc, Maxime et Maylis ne l'esquiveront pas si facilement. Quelle était la probabilité qu'ils se croisent parmi quinze mille habitants, répartis sur plusieurs dizaines de kilomètres ? Je n'en ai pas la moindre idée, les mathématiques n'ont jamais été mon point fort, pourtant je ne boude pas mon plaisir de les voir réunis. Certes, ils sont encore assis chacun à sa table, mais comme une correction est de toute évidence en train de s'opérer dans ce qui aurait dû être le cours de leur relation, cet écart pourrait se réduire assez vite. Ma nature désormais fatale s'accommode assez bien des prédictions, je ne le nie pas. Plus prosaïquement, on pourrait dire qu'une mère sent ces choses-là.

Depuis que Maylis était assise en face de lui, Maxime s'obligeait à garder ses pupilles rivées aux siennes, à les empêcher de dériver à nouveau sur les contours de ce corps trop rapidement entrevu. Comme si quelque vérificateur incrédule en lui désirait s'assurer que ces formes remarquables appartenaient effectivement à l'infirmière qui avait soigné sa mère. Son visage était celui qu'il connaissait, cependant ses mèches désordonnées, la carnation de ses joues, pâlie par l'effort, ses lèvres qui se détachaient, roses, entrouvertes, tout lui indiquait, déjà, qu'il n'avait jamais pris le temps d'examiner ce visage comme il le méritait. Alors le reste...

— Je n'ai pas voulu venir à la cérémonie, confessa-t-elle, en reposant son verre, vide.

Instinctivement, Maxime resserra le cabas entre ses jambes. Comment allait-il s'en sortir? Le plus simple à ce stade eût été qu'ils échangent quelques phrases de politesse, se saluent et repartent chacun dans sa vie, sans demander son reste. Mais il était déjà trop tard, une volute s'était développée, avait déployé son arabesque et parfumait l'existence différemment.

— J'ai appris que c'était ce matin par la surveillante du service, c'était ma prof à l'école d'infirmières, poursuivit-elle. Mais je n'ai pas réussi à m'y rendre... J'étais trop malheureuse.

Comme elle ne pouvait avouer la vérité, il lui suffisait d'entretenir l'ambiguïté sur l'origine de son malheur pour espérer s'en sortir.

— Vous voulez venir à ma table? Ça nous évitera de partager notre peine avec toute la clientèle de Kako, dit-il en tentant de relativiser.

— Vous avez raison, on va leur gâcher l'apéro.

Il consulta négligemment son portable lorsqu'elle

se leva pour le rejoindre, y découvrant un texto d'Elena : « As-tu réfléchi à ma proposition d'emménager ensemble ? » Il le masqua aussitôt.

— Vous désirez boire autre chose ? proposa-t-il, en relevant les yeux, pas fâché qu'en prenant place si près de lui, Maylis lui propose une perspective moins panoramique sur sa charmante et sportive apparence.

— Oui, merci, je vais prendre un café, maintenant... je suis un peu fatiguée.

— Vous avez beaucoup couru.

Il ne s'agissait pas d'une question mais d'une affirmation complice. Derrière les mots de Maxime, il y avait les foulées de Maylis, et, derrière ces foulées, ils imaginaient tous deux ce qui pouvait résider de rage et d'inassouvissement.

— J'en avais besoin, concéda-t-elle.

— Ça me ferait pas de mal, à moi aussi, approuva-t-il en levant la main en direction de Monique, qui ressortait du restaurant avec un plein godet de pailles, destinées à occuper les bouches des gamins piailleurs.

« J'arrive », articula celle-ci, silencieusement. À moins qu'elle ne l'eût prononcé à voix haute, tant les hurlements déchaînés des gosses, cernés de molles remontrances des parents, empêchaient la propagation de tout autre son à plusieurs tables à la ronde.

— Franchement, ce n'était pas plus mal qu'il n'y ait eu personne à cette cérémonie, reprit Maxime. Moi, je n'ai rien fait pour, en tout cas.

— Ses amies sont à l'étranger, n'est-ce pas? Elle m'a parlé de Christina à plusieurs reprises.

— Oui, toutes celles qu'elle appréciait vraiment. Puis après un temps : Je ne sais pas si vous avez remarqué, avec Muriel, tout ceux qui étaient proches étaient souvent assez loin.

Il se retint pour ne pas ajouter : « À l'exception de vous, de votre rayonnante présence auprès d'elle. »

— Pourquoi vouliez-vous rester seul? demanda-t-elle avec douceur.

— Je ne me sentais pas prêt à affronter ça et je n'avais pas envie qu'on s'en aperçoive. Vous savez, l'impression qu'il faut assurer, être fort. Déjà, j'ai mis des heures à me décider sur la crémation...

Il resta coi, l'idée le ramenant invariablement au contenu innommable de son cabas.

— Oui? fit Maylis pour l'inciter à continuer.

— En fait, vous m'avez rendu service en ne venant pas. Je préfère franchement qu'on se rencontre ici.

— Merci... Je prends ça pour une marque de confiance.

— Ma mère vous a confié sa vie, c'est la moindre des choses. C'est moi qui vous remercie.

— Je ne vous ai même pas appelé quand j'ai appris son décès.

— Moi non plus, je ne vous ai pas appelée, c'était nul.

Maylis sourit, ses joues pommelées rosirent.

— Et maintenant ? reprit-elle. Vous sentez que vous pouvez braver les gens ?

Elle balaya l'air de sa main, manière de s'englober dans la sphère de ceux qui pouvaient lui créer du souci.

— J'ai repris du poil de la bête.

— Je vois ça, vous faites même le marché, releva Maylis, en lorgnant sur le cabas.

Maxime blêmit, serrant mécaniquement le sac entre ses jambes. Il sentit son visage se transformer, et plus il en avait conscience, plus Maylis voyait son embarras croître. Les tiges vertes de poireau et les fleurs de courgette dépassaient des rives en osier, et cependant il semblait contrarié par ce simple constat. Alors qu'il se trouvait en face de la halle, précisément chez Kako, où ceux qui viennent de faire leurs courses, familles de Hollandais et bambins criards inclus, boivent un verre. S'il ne fournissait pas rapidement une réponse, n'importe laquelle, il allait passer pour un toqué. Donc il finit par laisser échapper :

— Oui, je fais le marché. Bien sûr.

Pourquoi avait-il dit « bien sûr » ? Il n'y avait pas de certitude, aucune évidence à faire le plein de fruits et de légumes, à peine sorti de l'incinération de sa mère. Une telle désinvolture aurait choqué n'importe qui. Aussi, quand il essaya de se rattraper – « Il n'y avait plus rien de frais à la maison » – il ne fit que s'enfoncer.

Pour couronner le tout, il sentit monter une

envie pressante d'aller uriner, l'effet du café, le stress, sans doute. Mais il ne se voyait pas rejoindre les toilettes avec son cabas à la main : « Excusez-moi, je l'emporte avec moi, j'ai tellement peur qu'on me vole un radis », ni abandonner celui-ci au pied de la table, sans surveillance.

C'est alors que Monique les rejoignit et se mêla à l'échange.

— Et alors ça, vous vous connaissez ? chanta son accent du Sud-Ouest.

— Oui. Maxime était le fils de Muriel Detain, une de mes patientes...

— La journaliste ? Oui, je vois très bien qui c'est, émit Monique avec une mimique extrêmement bienveillante, avant de réaliser : « Était » ?

Maxime hocha la tête, tandis que Monique appliquait une main miséricordieuse sur son épaule.

— Oh là là, mais quelle misère. On la savait très malade, votre maman, ça faisait longtemps qu'on ne la voyait plus. Mais de là... c'est arrivé quand ?

— Avant-hier.

— Je ne l'ai pas vu dans le journal !

— Je n'ai pas fait l'annonce.

— Alors dites-moi, quand aura lieu la cérémonie ?

— C'était ce matin.

La tenancière des lieux promena un regard perdu à l'entour. Ses clients hollandais auraient pu lui réclamer toutes les petites cuillères du monde, elle s'en fichait éperdument.

— Mais pourquoi vous n'avez pas fait l'annonce ? reprit-elle du ton que l'on utilise pour gronder un enfant. C'est important de prévenir les gens qui tiennent à votre défunt.

— C'est allé vite, il n'a pas eu le temps, fit Maylis, prenant sa défense.

— De toute façon, ça aurait été compliqué un jour de marché, admit Monique, le vendredi on travaille comme des dingues. Mais au moins j'aurais fait livrer une couronne.

— C'est très gentil, merci, ce n'était pas la peine. Elle aimait venir chez vous, ajouta Maxime pour faire diversion, c'est pour ça... moi je suis venu... voilà.

— Bien sûr et je suis touchée, et je vous remercie. Je ne veux pas vous embêter, pardon. Je vous reconnais en plus, maintenant. Vous êtes venu dîner il y a une semaine à peu près, vous étiez tout seul, précisa-t-elle, en jetant un œil curieux à Maylis. Je me souviens, vous lisiez une espèce de revue en anglais, c'est ça qui a retenu mon attention.

— *Cell*, c'est une revue américaine.

— Ah, d'accord... En tout cas, mes plus sincères condoléances, j'aimais beaucoup votre maman. Pas que moi d'ailleurs. Tous ceux qui ont eu l'occasion de la croiser. C'était une femme instruite, généreuse. Mais pourquoi ne vous êtes-vous pas présenté, lorsque vous êtes venu ? Vous auriez dû me dire que vous étiez le fils de Mme Detain.

Maxime se contenta de hausser les épaules. Une semaine auparavant, le restaurant, tamisé d'ocres et de cuivres, résonnant des rires discrets des convives, de leurs observations gourmandes que rythmaient les cliquetis des couverts, lui était apparu comme épargné par la peine et la rumination. L'antichambre apaisée de son retour à Paris, une bulle, qu'en aucun cas il ne lui était venu à l'esprit de percer.

— Alors, qu'est-ce que je vous sers ?

— Un café, dit Maylis.

— Moi, un verre de blanc, finalement, dit Maxime.

Il aurait descendu une bouteille en entier.

— Un café, un verre de blanc, répéta Monique en s'éloignant.

— Monique, attends ! la rappela Maylis. Je vais prendre un verre de blanc aussi.

— Deux cafés, un blanc ?

— Non, deux blancs, c'est tout.

Une fois qu'elle se fut éloignée, Maxime garda les paupières closes, tiraillé entre le chagrin qui surgissait par bouffées incommodantes, comme un courant d'air lèche en passant les poubelles d'une arrière-cour, et l'atmosphère de liberté, de vacances presque, l'ambiance estivale de la terrasse rehaussée de la présence de cette jolie femme à sa table. Lorsqu'il rouvrit les yeux, il surprit la dérobade du regard de Maylis en direction d'une miette, avec laquelle elle entreprit de jouer pour se donner une contenance.

— Monique est spontanée, mais elle pose beaucoup de questions, dit-elle, embarrassée.

Il acquiesça :

— Vous voyez pourquoi j'avais envie d'être seul.

— Les gens ici, lorsqu'ils s'intéressent à vous, ils se renseignent, comme ils disent, rétorqua-t-elle en le fixant, par défi.

Le vin blanc rafraîchit la gorge asséchée de Maxime, et, après deux lampées, il reposa son verre aux trois quarts vide. Il observait la buée déposée sur les parois du ballon, puis les gouttes de transpiration qui perlaient sur le front de Maylis, se sentant sujet à un étourdissement qu'il tenta de masquer par un sourire. Pouvait-il continuer de siroter l'apéro en si galante compagnie, comme s'il s'agissait d'une rencontre inopinée telle qu'il s'en produit lorsque son cœur est libre ? Un désir, dont il ne pouvait nier l'émergence, se trouvait-il exacerbé par le besoin impérieux de contrer les événements funestes, de se tenir droit au milieu d'un paysage de cendres ? Allait-il trahir la mémoire de sa mère en considérant que sa disparition inaugurait une nouvelle période ?

Continue de vivre !

Tel était le message que Muriel lui aurait adressé, si elle était encore là. Il en était persuadé, au point de croire avoir entendu sa voix, murmurée, qui se frayait un chemin dans ce début d'ivresse.

— Je dois aller aux toilettes, s'excusa-t-il, en se levant subitement. Je vais commander des cacahuètes, ou des olives, d'accord? Quelque chose à grignoter, je n'ai rien mangé depuis ce matin, et ça me tourne un peu la tête.

— OK. Alors un deuxième verre aussi?

— Ce n'est pas raisonnable, répondit Maxime, tout en étant persuadé du contraire.

— Mourir non plus. Puis elle se reprit aussitôt, en rougissant : Oh, pardon, c'est con, je n'aurais pas dû dire ça...

— Ah, mais si ! Puis voyant qu'elle se prenait la tête entre les mains : Non, non, vous avez raison. Jamais les personnes que l'on aime ne devraient mourir.

Maylis haussa les épaules avec une moue de petite fille. Elle avait peur de laisser échapper une autre ânerie.

— Vous savez, Christina mise à part, reprit-il avec douceur, je crois que nous sommes les deux personnes avec qui ma mère aurait le plus aimé trinquer et boire un petit blanc bien frais.

— Et on n'a jamais eu l'occasion de le faire, se risqua Maylis.

— Ce n'est peut-être pas tout à fait exact, laissa-t-il échapper.

La jeune femme fronça légèrement les sourcils, ses yeux finement plissés. Lorsqu'elle piochait ainsi dans ses souvenirs, les taches de rousseur de ses pommettes s'animaient d'un lent mouvement qui les transformait en poussière d'or et Maxime se réjouit de l'avoir conduite à une telle perplexité.

— Je vous expliquerai en revenant. Vous surveillez mon cabas ?

Dès qu'il eut disparu à l'intérieur du restaurant, Maylis se pencha et se pinça le gras du bras sous la table. Elle réprima un cri de douleur, en maudissant le manque de confiance en soi qui la poussait à de telles inepties. Ce qu'elle vivait était tout à fait réel et lui offrait une revanche sur le désespoir qui l'avait jetée, plus tôt dans la matinée, sur le chemin côtier. Elle avait échangé avec Maxime davantage lors de ces dernières minutes qu'au cours des six précédents mois. Pas uniquement des phrases, mais une connivence débutante. Des regards aussi. Et elle connaissait suffisamment les représentants de l'espèce masculine pour ne pas avoir deviné ce que traduisaient ceux de Maxime, qui, à l'évidence, la trouvait plus à son goût dans une tenue près du corps, qu'enfouie dans le nylon informe d'une blouse d'infirmière. En d'autres circonstances, elle aurait analysé qu'à l'issue de ce premier verre de vin elle avait pris les commandes de leur relation. C'était ainsi qu'elle définissait le moment singulier, dans un bar, une boîte de nuit ou lors d'un dîner, où elle n'avait plus qu'à choisir de toucher ou non la main de l'homme, de rapprocher ses lèvres ou de glisser son genou contre le sien, pour que leur rapport bascule dans la sensualité. Pas difficile pour une femme comme Maylis d'imposer son rythme. À condition de ne pas être amoureuse. L'amour la troublait, altérait ses perceptions. Pouvait causer seul son échec. Mis à part cette situation, peu fréquente, si elle décidait de ne pas rentrer seule, cela se passait ainsi qu'elle l'avait prévu. Cela ne signifiait pas seulement que la gent masculine était prévisible, mais que nombre de ses représentants avaient intégré le mode opératoire, attendant d'être choisis pour prétendre avoir l'initiative. Et si ce n'était pas par cette fille-là, une autre ferait aussi bien l'affaire. Le lendemain, au pire.

Mais en ce jour de marché, à la terrasse de Chez Kako, la conjoncture était la pire qu'elle puisse imaginer. L'ayant d'ores et déjà transformée en super-cruche. Amoureuse maladroite et déplacée d'un homme endeuillé. En proie à un quasi-sentiment de panique. Comme chaque fois qu'elle tenait à un homme.

En urinant, face à l'arbre généalogique de la famille Kako, Maxime se demandait quelle force sournoise l'avait poussé à laisser entendre à Maylis qu'ils avaient déjà trinqué tous les trois ? Ou eux deux, du moins, en présence de sa mère. Ou de ses cendres. Car c'était exactement ce qu'ils étaient en train de faire, là, dehors, sur la terrasse ensoleillée. Et il en était dévasté de honte. D'autant que trois siècles d'ascendance basque se succédaient devant ses yeux, comme pour souligner l'existence de familles où l'on traite ses ancêtres avec respect. Irait-on imaginer le cultivateur François Garat, premier de la lignée des « Kako », époux de Madeleine

Lansalot, qui lui donna trois enfants, se saouler sur le cadavre de sa mère ? Ou cet Imanole, décédé en 1917, certainement à la guerre, flirter le lendemain du décès d'Inès Echeverry, laquelle fut mariée à son père et lui donna naissance en 1898 ?

Il se rebraguetta et se lava les mains en se demandant si ses paroles n'avaient pas simplement précédé sa pensée, l'obligeant à lever le voile, sans qu'il lui soit possible de reculer. Non seulement la jeune infirmière était incroyablement attirante, mais la peine qui l'affligeait, sa vulnérabilité évidente attendrissaient profondément Maxime. Il était tombé sous le charme avec une telle soudaineté qu'il se demanda si ce sentiment ne préexistait pas en lui, inhibé depuis des mois sous la charge émotive. Si, conséquemment, le rôle de doublure qu'Elena avait joué à distance n'était pas différent de celui qu'il avait soupçonné. La présence de Maylis à ses côtés pouvait permettre à cette cérémonie funéraire, jusque-là solitaire, de s'épanouir et de prendre tout son sens. Avec l'infirmière, il allait être en mesure de partager recueillement et deuil, et, pourquoi pas, reconquérir une part d'humanité.

Maylis, concentrée, attendait Maxime, face à leurs consommations renouvelées. Elle serrait dans sa paume le ventre frais du verre, tentant d'endiguer le tressautement nerveux de sa jambe sous la table.

— Vous saviez que « Kako » était un surnom ? entama-t-il en se rasseyant. Qu'ils ne s'appelaient pas du tout comme ça ?

— Oui, tout le monde le sait. Mais un surnom pareil, ici, ça a valeur de nom.

— Ah, d'accord. C'est parce que j'ai vu leur arbre généalogique, et...

— Il n'est affiché que dans les toilettes des garçons.

Maxime se demanda comment elle le savait, mais il retint la question. Il s'ensuivit un silence gêné, pendant lequel le boucan des gamins hollandais emplit l'espace et força Maylis à trouver un sujet de conversation. Elle décolla ses mains du verre et présenta à Maxime ses paumes humides et fraîches.

— Ici, on dit que les joueurs de pelote à main nue finissent toujours autour d'un verre de vin bien frais, sourit-elle. Ils frappent tellement fort avec leurs paumes qu'à la fin d'une partie leurs mains augmentent de volume. Alors ils les rafraîchissent en les mettant en corbeille autour de leur verre, ce qui évite les hématomes...

L'invite à saisir ses mains tendues était si évidente, que Maylis les retira aussitôt, et pour ne pas laisser la gêne se poursuivre alla droit au but.

— Vous ne deviez pas m'expliquer quelque chose ?

On y est, se dit Maxime.

— C'est là-dedans, lâcha-t-il, en poussant du pied le cabas à provisions sous la table.

Maylis afficha une telle incompréhension, qu'il précisa :

— Ouvrez-le maintenant, faites attention que personne ne vous voie.

Maylis recula son siège et se pencha pour s'exécuter, dévoilant la ligne de sa nuque et la courbe de ses épaules, tavelée d'éphélides. D'abord, elle aperçut les fanes de radis, puis elle sentit le parfum doucereux des poireaux.

— Sous les fraises, ajouta-t-il, avant de comprendre au raidissement de la jeune femme qu'elle venait de découvrir l'urne.

Lorsqu'elle se redressa, les traits de son visage se décomposèrent lentement sous les yeux de Maxime, ses efforts intenses ne parvenant plus à contenir l'émotion qui battait en elle.

— C'est ce que je pense ? parvint-elle à articuler, d'une voix blanche.

— Elle est avec nous, oui. Depuis tout à l'heure.

Maylis se sentit suffoquer, soumise à une telle variété de sentiments qu'elle n'allait pas pouvoir en contrôler le déferlement.

— Je lui fais faire le marché, précisa-t-il. Une dernière fois.

Alors Maylis se leva et, sans un mot, fit demi-tour et s'en alla, pressant le pas pour disparaître au milieu de la foule qui circulait autour de la halle.

Ah, mais non ! Mais lève-toi ! Cours-lui après ! Présente-lui tes excuses, explique-lui ce qui t'est passé par la tête, convaincs-la que c'est une bonne idée ! Ne reste pas là, impassible, à analyser ta déconfiture ! Mais c'est dingue à la fin, cette incapacité à se projeter plus loin que le bout de son nez. Monsieur Tout-est-logique-tout-a-une-explication ne pouvait-il pas faire preuve d'un minimum de délicatesse avant de lui mettre mes cendres entre les pattes ? Moralité, il l'a bouleversée au-delà de ce qui est imaginable et a grillé ses chances au passage. Quelle femme s'accommoderait d'un psychopathe au cœur sec ? Même les infirmières ont leurs limites ! Ah, je voulais mieux le connaître, eh bien, je suis servie... J'ai interviewé pas mal de ces universitaires à la tête bien faite, mais bien dure aussi, théoriciens persuadés de la suprématie du raisonnement sur le tact, de la froideur prédictive de l'esprit sur le bouillonnement de l'âme humaine. Ils pérorent, modélisent à qui mieux mieux, jusqu'au moment où ils apprennent que le Titanic a sombré, qu'un nuage toxique s'est répandu à Bhopal ou qu'un raz de marée a submergé la centrale de Fukushima. Ils me font penser à nombre de dirigeants qui n'ont compris que trop tardivement pourquoi leur tête se trouvait fichée au bout d'une pique. Ah, si seulement je pouvais revenir en fantôme ou pareille à un spectre, apparaître à volonté, écumer les couloirs en hululant ! Agir et projeter des objets contre les murs, comme n'importe quel ectoplasme de cinéma ! Mais rien de tout cela ici. Ni tunnel de lumière ni présence divine. Ça ne m'étonne pas vraiment au fond, je n'ai jamais été croyante, mais je commence à comprendre pourquoi certains réclament, de temps en temps, un petit coup de main.

Monique avait vu suffisamment de couples se défaire sous ses yeux pour ne pas avoir un avis sur la scène qui venait de se dérouler. Un verre de blanc abandonné, une chaise restée vide, un partenaire prostré, le départ précipité de Maylis, tout cela ressemblait à une rupture. Pourtant la nature peu banale du rapprochement, qui lui avait jusque-là semblé fortuit, entre un fils endeuillé et l'infirmière de sa mère, l'incitait à creuser le dossier. Maxime, lui, demeurait atone, pas fondamentalement surpris par la réaction de Maylis, incapable de se reprendre. En voyant l'ombre se projeter sur la table il remisa le cabas entre ses jambes et fit face.

— Autre chose, monsieur ? demanda Monique.

— L'addition, s'il vous plaît, répondit-il, cherchant à faire bonne figure.

— Laissez-moi vous offrir ces verres, c'est un petit geste mais ça me fait plaisir, par rapport à votre maman.

— Ah d'accord... Merci beaucoup.

— Attendez, j'ai quelque chose pour vous, je reviens tout de suite.

Maxime n'eut pas le temps de réagir, Monique s'était éclipsée à l'intérieur du restaurant. Il tourna la tête dans l'ardeur de la mi-journée, guettant un signe parmi l'agitation des vêtements légers, des couvre-chefs, le balancement des sacs et le cheminement désordonné des caddies. Une apparition, dont il savait pertinemment qu'elle n'aurait pas lieu.

— Voilà, permettez-moi de vous donner ceci, reprit Monique, aussitôt de retour. C'est un pot de confiture de cerises noires. On la fait nous-mêmes.

— Oh, franchement, c'est trop, s'étonna-t-il en examinant le bocal, empli d'une substance noire comme de la réglisse, étiqueté *Kako Etxea, confiture maison.*

— Votre maman en prenait toujours, pour accompagner le fromage de brebis. Puis elle désigna ses courses : Vous en avez acheté, non ?

— Non, pas encore...

— Elle se fournissait chez Sopite, dans la halle. Ne vous dérangez pas, je vais ranger le pot dans votre sac.

Puis, tout sourire, elle se baissa en direction du cabas, dont elle était persuadée, après s'être repassé le film des événements, qu'il abritait le secret de la dispute à laquelle elle avait assisté. Monique avait imaginé le stratagème du pot de confiture dans le but d'accéder au panier et d'en explorer le contenu.

— Merci, je vais le faire moi-même, répliqua Maxime en se levant.

Un scandale lui suffisait, pas besoin d'un deuxième. D'un même geste vif, il retira le pot des mains de Monique et le glissa à l'intérieur du panier, qu'il déroba à sa portée.

— Pardonnez-moi, ajouta-t-il, je suis en retard... Chez Sopite, vous m'avez dit ?

— Oui, dans la halle, ils proposent les meilleures tommes, je crois que votre maman aimait celle qui était la plus affinée, précisa-t-elle, frustrée de ne pas avoir mené à bien son enquête.

En charge d'un lieu proche du cœur battant de l'agglomération, Monique se sentait investie d'une fonction dans laquelle n'entrait aucune malice, mais le désir sincère d'assister ses clients, qu'elle regardait comme des administrés. Chez Kako, la sanction du suffrage se répétait à chaque service pendant lequel, en passant commande, les clients lui apportaient leur vote. Telle était l'idée qu'elle se faisait de son métier. En tout cas, c'était ce qu'elle se répétait en collectant verres et tasses sur son plateau, gardant un œil sur Maxime, qui venait d'atteindre la bouche d'ombre de la halle et s'y engouffra.

Sous les hautes verrières, l'affluence était à son comble. Les files d'attente se mêlaient dans les travées en un cordon ininterrompu qui unissait les boutiques les unes aux autres. Les tours de boudin, les chapelets de saucisse et de chorizo dansaient sous l'acier éclatant des lames trapues, s'échangeaient dans un tumulte sans cesse renouvelé, finissaient dans des papiers cirés, garnissant les paniers. Puis un mouvement général de reptation transportait les acheteurs sous les odeurs marines, à quelques mètres, où des sections de thon tombaient sous les dents de larges couteaux, étaient emballées, pesées, avant de glisser sur les chairs nacrées des calmars, et de s'appuyer contre les langoustines engourdies par la glace. Une contraction encore et la procession atteignait les volaillers, les fils qui désossaient les magrets, paraient les confits. Les paumes tendues, telles de fébriles antennes, tâtaient les poules jaunes, estimaient les canards gras. Enfin, surgissaient des copeaux de fromage, aussitôt happés, recrachés sous forme de billets, de cartes de crédit, pour en obtenir plus, toujours plus ; et l'on tendait aux mains délestées de leur monnaie des sachets d'œufs frais, des bouteilles de lait entier. Sopite. Maxime entrevit l'enseigne recommandée par Monique et prit sa place dans le défilé, plus aisément qu'il ne l'aurait cru. Contrairement à l'improvisation dont il avait fait preuve à l'extérieur, il voulait ici agir avec méthode. Remplir son arche d'un exemplaire de chaque espèce, une volaille, un poisson, un fromage, une viande. Un rite pour un autre.

En arrivant place Louis-XIV, Maylis ne put chasser ses propres parents de ses pensées, malmenées par l'idée de leur mort qui viendrait immanquablement, et les décisions que son frère et elle auraient alors à prendre. Son père, abonné à des revues sur la fin de vie, membre d'une association qui prônait le suicide assisté, avait annoncé à plusieurs reprises que tout était réglé dans les moindres détails. Il évoquait son passage de l'autre côté avec autant de détachement que s'il s'était agi d'un séjour au camping municipal. Ce qui avait le don d'irriter sa mère au plus haut point. Elle avait peur de la mort et ne pouvait aborder la question sans souffrir à plus ou moins rapide échéance d'une crise d'angoisse. Son père voulait être incinéré, sa mère refusait, de peur qu'on la brûle encore vive. Son père avait projeté de se faire injecter une substance létale à la moindre diminution de ses facultés. Sa mère se demandait s'il existait des cercueils munis de dispositif permettant d'avertir la famille, au cas où on se réveille après l'inhumation. Invariablement leurs conversations sur le sujet se terminaient en dispute, mais songeant qu'à la soixantaine ils avaient encore pas mal d'années devant eux pour se chamailler, ils se réjouissaient, puis se réconciliaient, jusqu'à l'escarmouche suivante. À trente ans, on n'envisage pas la mort de la même manière que ses parents. Celle-ci ressemble à une relation éloignée, qui donnerait de ses nouvelles de temps en temps. On a beau savoir qu'elle déménagera et se rapprochera, on la néglige. Vingt ans plus tard on s'aperçoit qu'elle a pris ses quartiers dans sa propre ville, qu'on a l'occasion de la croiser de plus en plus souvent. Puis, après la perte de son mari ou de sa femme, elle vient loger chez soi, et ce sont les autres, les survivants, qui se transforment en relations lointaines. La mort change de statut, jusqu'à obtenir celui de notre dernière compagne. Et la nuit où elle se glisse dans notre lit, insinue son vent glacial sous notre peau et gèle les battements de notre cœur, on s'en aperçoit à peine.

Maylis, la respiration hachée, se laissa glisser contre les marches du kiosque où s'égayaient les enfants. Sa réaction face à l'inéluctable tenait davantage de celle de sa mère que de son père. L'irrépressible sensation de malaise qui l'avait saisie en découvrant l'urne lui raccourcissait le souffle et la vidait de ses forces. Son métier l'avait confrontée au décès de patients à plusieurs reprises, mais Muriel n'était pas comme les autres, et, s'il lui en fallait la preuve, elle venait de l'obtenir de façon particulièrement brutale. Lui revint l'histoire de cet ami interne, dont une des patientes était décédée, de manière brusque et inattendue après trois semaines d'hospitalisation dans ses lits. La surprise avait été si forte dans le service que le chef de clinique avait ordonné de pratiquer une autopsie. Ainsi le jeune toubib, avide de découvrir les causes de l'énigme médicale, s'était rendu, par un matin brumeux d'hiver, dans le pavillon de la morgue, situé dans le coin le plus reculé du jardin. Sans aucune hésitation, avec sa marotte scientifique pour balise, il s'était présenté face au corps dénudé et livide de sa patiente étendue sur le marbre. Il l'avait incisée du sternum à la symphyse pubienne, puis avait écarté le tablier de graisse abdominale, fendu le péritoine et introduit ses mains pour procéder à l'examen des différents organes. La température voisine de zéro degré, la circulation sanguine interrompue depuis plusieurs heures avaient concouru à refroidir la dépouille, à lui donner les apparences de la mort, mais à l'intérieur il avait découvert avec stupeur que la chaleur du corps ne s'était pas dissipée. Loin de là. Les intestins formaient encore une masse tiède et souple au toucher, une vapeur s'élevait de la cavité en produisant une condensation qui se déposait autour de l'incision, comme une rosée matinale, et animait la peau de reflets bleuis par la lumière d'hiver. Les mains enfoncées jusqu'aux poignets dans le ventre de la femme, il sentit des liquides se déplacer sous les parois, entendit de fines bulles de gaz froisser les tissus, tous phénomènes qui réanimèrent le souvenir des trois semaines qu'ils venaient de passer côte à côte, le rire de sa patiente, encore entendu la veille, son visage illuminé de joie à l'idée de passer Noël en famille. Lui revinrent également l'éclat précieux du regard de ses deux enfants et les poignées de main fermes et confiantes de son mari. Vidangé par l'émotion, son sang reflua de sa tête et il perdit connaissance, son front heurtant lourdement le marbre. Personne ne soigne impunément un proche, il y a toujours une brèche par laquelle s'insinue la douleur, et la véritable question que se posa Maylis était de savoir comment elle avait pu laisser se développer un tel sentiment de proximité avec une de ses patientes. Pourquoi avait-elle assisté à la mutation de leur relation sans y prendre garde ? Cela tenait-il réellement à la nature singulière de la personnalité de Muriel, comme elle l'avait longtemps cru, ou son désir d'atteindre Maxime n'avait-il pas favorisé le lien avec sa mère ? Comme autrefois les naufrageurs allumaient des feux sur les falaises pour attirer les navires sur les récifs.

C'est moi qui ai tout fait pour les rapprocher. Si je n'avais pas remarqué l'effet que produisait la présence de Maxime, mais aussi graduellement son absence, sur ma jeune infirmière, je n'aurais pas agi de la sorte, la retenant pour un thé, tant que j'avais la capacité de lui en préparer, ouvrant mes archives à sa curiosité insatiable et lui narrant mes plus belles échappées. Je profitais de la moindre occasion pour évoquer mon fils, l'enfant vif et joyeux qu'il avait été, puis l'étudiant brillant et l'adulte accompli qu'il était devenu. Nous en riions, et Maylis moquait gentiment ce qu'elle appelait mon côté « mère au singulier ». On dit bien « enfant unique », pourquoi n'inventerait-on pas une dénomination pour les mères qui n'ont donné naissance qu'une fois ? Nous nous étions accordées sur le concept, il y avait d'un côté les mères au pluriel, différentes avec chacun de leurs enfants, et de l'autre celles, au singulier, dont l'amour peut être une eau-de-vie si pure qu'elle brûle celui qui l'absorbe. Invariablement, ce genre de conversation s'achevait sur une question de ma part (« Et vous, Maylis, vous avez envie d'avoir des enfants ? »), qui la faisait rougir comme une gamine prise la main dans le pot de confiture. Je me suis comportée à la manière d'une intrigante, je suis allée le plus loin possible en évoquant avec elle le père de Maxime, qui fut la véritable raison de mon installation dans la région. Je me suis délestée sur elle de ce secret, laissant la jeune femme accéder à cette part de mon âme avec autant de facilité qu'à mon corps qu'elle bouchonnait comme celui d'une vieille carne sur le retour. Je n'ai pas procédé autrement que ces matrones qui rêvent pour leur progéniture d'une union arrangée, et dont j'ai passé une partie de ma vie à dénoncer les agissements.

Depuis son adolescence, Maxime n'avait jamais cessé d'être accompagné amoureusement. Non que son comportement fût déterminé par le souci de plaire, mais simplement la fréquentation des femmes lui était plus facile que celle des hommes. Peut-être parce qu'il avait été élevé au milieu d'elles, comme les enfants de diplomate sont à l'aise n'importe où sur la planète. En leur présence il parvenait à déployer l'entière gamme de son humour et de sa vivacité d'esprit. Le sexe venait dans un deuxième temps, assez naturellement, jamais en préalable, mais presque systématiquement en conclusion heureuse d'une affinité intellectuelle qui permettait aux liaisons de durer le plus souvent quelques mois. Lorsqu'une histoire s'achevait, une autre pouvait débuter, ainsi qu'on glisse insensiblement d'une pente douce à une autre. À trente-cinq ans, Maxime était de ces hommes fidèles qui avaient accumulé plus d'expérience que des séducteurs invétérés dont les nuits sont employées à chercher plutôt qu'à trouver. La plupart du temps l'existence lui envoyait des signaux assez clairs, et il savait à quoi s'en tenir vis-à-vis des femmes, mais la disparition de Muriel semblait avoir provoqué une émission si puissante qu'elle saturait son champ d'analyse. Derrière le masque composite d'affection et de tristesse, affiché par Maylis au café, se dissimulaient une autre affection, un désarroi distinct, il en avait eu l'intuition fugace. Il s'efforça de convoquer certains souvenirs auxquels il n'avait pas jusque-là accordé une attention suffisante. Ainsi, lorsqu'il appelait Maylis pour obtenir des nouvelles de Muriel, la jeune femme décrochait presque aussitôt, qu'elle soit chez un patient ou à son cabinet. Cependant il avait observé qu'en visite à la bergerie, elle éteignait systématiquement son téléphone portable. Il se souvenait aussi que, dans les dernières semaines, lorsque Muriel ne pouvait plus se lever, il avait trouvé le lit de la chambre où il dormait refait, les draps tirés au cordeau, alors qu'il était persuadé de l'avoir abandonné en vrac lors de sa précédente venue. Et ce n'était pas le fait de l'auxiliaire de vie, un jeune homme au crâne rasé, aux biceps larges comme des jambons, qui l'avait fixé avec des yeux effarés lorsqu'il l'en avait remercié. Ce dernier n'était pas non plus responsable de l'apparition d'un vase empli de lilas blancs fraîchement coupés qui répandaient une odeur suave. Et, à bien y réfléchir, la bouteille de saint-julien, découverte la veille en compagnie du paquet de spaghettis sur le plan de travail de la cuisine, n'avait pas surgi par hasard de la cave. Tout le portait à croire que l'attention invisible et bienveillante de Maylis était à l'œuvre. Bien plus qu'il n'avait supposé, ou voulu voir. Par ailleurs, l'offre d'Elena de former un foyer lui tournait en tête, pile au moment où sa mère, en s'éteignant, le plaçait face au prochain mouvement de sa vie. Il ne doutait pas que sa maîtresse ait mûrement réfléchi son annonce. On ne pouvait jamais reprocher à Elena d'improviser, c'était d'ailleurs sa raison d'être à ses côtés. Dès l'origine, sa mission avait consisté à l'assister dans la formulation juridique de ses intuitions scientifiques. Or la rédaction d'un titre de propriété intellectuelle réclame non seulement de saisir les caractéristiques de l'œuvre à protéger, mais encore d'en interpréter les arcanes. Il faut anticiper le domaine d'applications le plus large possible d'une invention, y compris celles que n'aurait pas envisagées son auteur. Ce qui suppose de pouvoir prolonger l'entendement de celui-ci, voire de s'y substituer. Et pourquoi pas, dans la foulée, de bien connaître son corps ? Il se prit à sourire en atteignant enfin la vitrine réfrigérée du fromager. Le moins qu'on puisse dire était qu'Elena s'était parfaitement acquittée de sa tâche, titulaire à la fois d'un doctorat en droit, d'un mastère en biologie et d'un don indéniable pour l'érotisme. Quant à Lou, sa fille, c'était une ado épanouie, avec qui il avait déjà partagé des soirées détendues entre une pizza quatre fromages et un épisode de *Breaking Bad.* Maxime remâchait son indétermination, essayant de ne pas mettre en balance la proposition d'Elena et le moment d'euphorie légère vécu auprès de Maylis, qui, en tout état de cause, s'était dissipé, aussi volatil qu'un parfum. Muriel n'avait jamais réussi à lui cacher qu'elle ne portait pas Elena dans son cœur et, d'une manière ironique, il se surprit à se demander si sa conduite, quelle que soit la décision qu'il prendrait, satisferait sa mère. Ou plutôt, l'aurait satisfaite.

— Vous avez fait votre choix, monsieur ?

Maxime tressaillit face à la vendeuse, dont la physionomie générale ne laissait nullement augurer d'un don pour la télépathie. Boudinée dans sa blouse grise, les joues rougeaudes maillées de couperose, des cheveux filasse et un regard à peu près aussi profond qu'une capsule de bière, elle attendait poliment qu'il réponde.

Par précaution, cependant, il essaya de détourner ses pensées du contenu de son cabas, au profit de la contemplation des meules empilées, aux croûtes beiges, brunes ou bleutées presque noires.

— Eh bien, enfin, je voulais une tomme...

— Nous ne vendons que ça, monsieur. Pur

brebis ? mixte ? de la vallée d'Ossau, du Pays basque espagnol ?

— Je ne sais pas... enfin franchement, c'est pour ma mère, et je ne sais pas ce qu'elle prenait. Prend d'habitude, se corrigea-t-il.

— Appelez-la, répliqua la vendeuse, dont le regard se perdit dans la file d'attente qui s'étirait dans le dos de Maxime. Prenez une minute et je sers la personne suivante. Je suis à vous juste après.

— Je n'ai plus de batterie, improvisa-t-il.

— Si vous voulez, je vous prête le mien, lui proposa la dame derrière lui, sautant sur l'opportunité de gagner un tour.

Il fit volte-face en se fabriquant un sourire obligé.

— C'est très gentil, mais je la connais, elle ne répondra pas.

— C'est qui, votre maman ? ajouta la vendeuse, désireuse qu'une solution soit trouvée au plus vite.

— Mme Detain, Muriel Detain, répondit-il par réflexe.

— Ah, mais ce n'est pas la dame qui loue la bergerie ? reprit sa voisine.

Maxime crut qu'il allait s'évanouir.

— Oui, c'est elle, laissa-t-il échapper entre les dents.

— Le terrain appartient à mon cousin, Paul Etcheverry, les Etcheverry d'Ascain. Ça fait pas mal d'années qu'elle loue cette maison, n'est-ce pas ?

— Oui, oui, sept ans...

— Bon, moi, je suis nouvelle, je ne connais pas

tout le monde, enchaîna la vendeuse, je vais demander à M. Sopite ce qu'elle prend d'habitude, votre maman. Il la connaît sûrement. Il a une mémoire d'éléphant.

— Non, ce n'est pas nécessaire, je vais...

Il ne termina pas sa phrase, car son téléphone se mit à sonner dans sa poche.

— Ah tiens ? Il devait me rester un peu de batterie finalement, se justifia-t-il en sortant l'appareil, prêt à accabler Elena, tandis que la cousine de Paul Etcheverry lui décochait un regard froissé.

— C'est ça, oui, sûrement.

— Ou alors parfois, ils se rechargent un peu, quand on les laisse, s'embrouilla-t-il.

Il ne s'agissait pas d'Elena, mais d'un numéro inconnu.

Il fit signe à la vendeuse de servir la dame qui accepta en levant les yeux au ciel.

— Oui, dit-il sèchement, en décrochant.

— Oh... je vous dérange ? C'est Maylis.

Il sentit ses cheveux se dresser sur sa tête, mais fit ce qu'il put pour répondre le plus naturellement possible :

— Non, non, Maylis, pas du tout, mais non.

— Je voulais m'excuser pour mon départ précipité, poursuivit-elle.

— C'est moi... c'est moi, je vous ai mis dans une situation impossible, mais c'est vraiment compliqué d'en parler là, au téléphone.

— Excusez-moi, l'interrompit une voix de stentor, vous êtes Maxime, le fils de Mme Detain ?

Maxime releva les yeux, tétanisé. M. Sopite, un quinquagénaire à la barbe broussailleuse, avait réussi à glisser ses épaules de rugbyman au côté de sa vendeuse.

— Votre maman m'a souvent parlé de vous, rugit-il avec un grand sourire. On discute toujours un peu parce que ma fille est étudiante en biologie à Toulouse. Elle m'a dit que vous étiez de la partie.

— Ah, oui, oui, reconnut Maxime, en couvrant son téléphone avec la main. Écoutez, merci, mettez-moi une tomme, ce que vous voulez.

Sopite dodelina de la tête pour marquer sa désapprobation. C'est qu'il tenait à ce que ses clients soient convaincus par le fromage. Lui se donnait la peine de monter aux estives en compagnie des bergers, il connaissait chaque troupeau des vallées béarnaises, chaque zone pastorale de Guipuscoa, de Navarre et d'Alava. Il avait trait lui-même ces petites brebis. Des bêtes aussi agiles que des chamois sur les escarpements, où elles broutent les fleurs de réglisse et le thym sauvage qui confèrent à leur lait ce parfum unique. Il avait façonné lui-même les tommes rondes dans les chaudrons, à l'abri des cabanes de berger, regardé s'affiner, se couvrir d'or et de brun les pâtes élastiques et durcir leur grain. Alors ce n'étaient pas des choix qui pouvaient s'effectuer à la légère et encore moins en conversant au téléphone. De la pointe du couteau, il désigna un cylindre brun aux flancs renflés, d'une vingtaine de centimètres de diamètre.

— Le roncal. Brebis au lait cru, du nord de la Navarre. Votre maman l'apprécie beaucoup. On en a un magnifique ici, fumé au bois de hêtre, quatre mois d'affinage, corsé mais crémeux au palais...

Maxime leva le pouce. Super. Va pour le roncal. Puis il découvrit le combiné.

— Maylis, je peux vous rappeler dans cinq minutes ?

— J'entends que vous êtes toujours au marché...

— Oui, dans la halle.

— Où ça ? J'y suis aussi.

— Chez Sopite, le fromager.

— Je vous y retrouve.

— Mais...

Elle avait raccroché.

— Il y a longtemps qu'on ne l'a pas vue, votre maman, reprit le maître fromager. Elle va bien ?

— Oui, très bien, merci, répondit Maxime, du tac au tac.

— Vous lui passerez le bonjour.

— Je n'y manquerai pas.

— Et avec ceci ?

— Ce sera tout.

— De temps à autre, elle me prend aussi du bellocq. C'est une merveille, fabriquée par les moines bénédictins de l'abbaye, insista Sopite, décidé à rentabiliser le temps qu'il y passait.

Il abaissa sa lame sur une tomme plus volumineuse que la précédente, en détachant un ruban translucide, aéré de quelques trous.

— Tenez, goûtez-moi ça !

Maxime n'osa pas refuser et récupéra l'hostie sur le fil d'acier, la déposant sur sa langue sous le regard inquisiteur du bonhomme. D'abord il discerna le sel, le grain du sel, puis la saveur salée, aussitôt rattrapée par celle du sucre brun caramélisé, tandis que le fromage fusionnait avec ses papilles.

Un tonique « alors, n'est-ce pas extraordinaire ? » cascada dans la gorge du commerçant, assuré de disposer d'un produit exceptionnel, la quintessence d'un terroir et d'un savoir-faire ancestral, qui rendait cette pâte fermentée incomparable. La conviction de l'orateur s'était précipitée dès l'ouverture des voyelles, surfant sur le milieu de la phrase pour se fracasser enfin dans un formidable grondement de *r*. Chacun en était aspergé dans la fille d'attente et, inconsciemment, portait la main à son porte-monnaie pour se payer une tranche de ce bellocq. Maxime ne fut pas épargné.

— Oui, je vais en prendre aussi... ça lui fera plaisir.

Le sourire qui éclaira le visage du fromager valait tous les mensonges du monde. À cet instant, Maxime sut qu'il n'avait pas eu une si mauvaise intuition et que Muriel se serait amusée à l'idée de pouvoir choisir un fromage à titre posthume.

— Ça va ?

La main de Maylis se posa, délicate, sur son épaule. Soudain, légère, elle se tenait proche de lui, plus qu'elle ne l'avait jamais été. La tendresse qui émanait de son visage, de son attitude générale, donnait la sensation de pouvoir changer la course du monde.

— Je lui ai pris du fromage, réagit simplement Maxime.

— Elle va être heureuse.

Et comment ! Mes chers petits. Qu'il m'est agréable de vous voir à nouveau réunis. Et dans le même temps, me voici taraudée par l'envie de savoir ce que le futur vous réserve. Mille fois, depuis sa venue, on se demande comment sa progéniture va évoluer, et c'est une grande misère de mourir sans le savoir. Mille fois on rêve que l'occasion vous soit donnée de connaître le destin de son enfant. Eh bien là, voilà qu'une fenêtre s'ouvre sur son avenir, par laquelle il m'est offert de jeter un regard, dont je ne doute pas, qu'elle finira par se renfermer. Je ne suis pas dupe des techniques de marketing de la vie. Elle vous fait miroiter tant de choses qu'elle vous dérobe au dernier moment. Lorsqu'il était enfant, je voulais savoir si Maxime ne tomberait pas malade, s'il serait bon élève, s'il conserverait ses amis. Adolescent, j'espérais qu'il bénéficie d'un confort raisonnable, qu'il trouve le bonheur auprès d'une compagne ou d'un compagnon, comme cela lui chante, et qu'il s'investisse dans le métier de son choix. Adulte, je voulais le voir voler de succès en succès, avoir des enfants à son tour, garder la santé. Un enfant, c'est la seule part de soi qui suscite des questions en permanence.

— Je peux vous aider à la porter ?

Maylis n'avait pas dit « le porter », comme on parle d'un sac trop lourd. Elle avait dit « la ». Et comme il approuva sans hésiter, la jeune femme se saisit d'une anse et ils s'éloignèrent, Muriel abritée entre leurs deux corps, lui inventant la digne cérémonie qu'elle méritait, cheminant en procession au sein du marché, conviant sans qu'ils le sachent tous ceux qui les entouraient à former le cortège.

— Elle me parlait toujours de ce marché, reprit Maxime, pourtant ce n'était pas trop son genre. Enfin c'était ce que je croyais.

— Les premiers temps, quand je venais lui faire des prises de sang, il était hors de question que je lui propose un rendez-vous le mardi ou le vendredi avant onze heures. Pourquoi vous dites que ce n'était pas son genre ?

— On croit connaître ses parents, alors qu'on ne voit d'eux qu'un aspect. Muriel a été par monts et par vaux pendant des années, dans des endroits impossibles. Plus *roots*, tu meurs. Je ne l'imaginais pas se passionner un jour pour un bout de jambon. À moins qu'il soit emballé par des enfants esclaves et qu'elle puisse le révéler à la face du monde.

— Vous dites ça parce que vous n'avez jamais goûté le jambon en question. Vous connaissez l'*ibérico de bellota* ?

Elle avait baissé d'un ton pour ne pas froisser l'amour-propre des adeptes du bayonne et des salaisons du bassin de l'Adour. Selon elle, le *pata negra* était le meilleur jambon du monde, élaboré à partir de cochons élevés en semi-liberté et nourris de glands qui jonchent les pâturages de la province de Salamanque. Tandis qu'ils traversaient la foule, Maxime l'écoutait, effleurant ses lèvres du regard, emporté au milieu des mille sons de la halle, attentif à un seul.

— Elle en rapportait toujours une chiffonnade qu'on partageait avec un verre, conclut-elle, avec regret. Puis se reprenant, car elle estimait son chagrin négligeable par rapport à celui de Maxime : Elle venait ici parce qu'elle était gourmande et qu'elle aimait la vie.

— Et vous ?

— Moi ?

— Vous aimez la vie ?

— Bien sûr. Pourquoi, pas vous ?

— C'est mon gagne-pain, je l'étudie. On a un rapport différent elle et moi.

Manière pour Maxime d'éluder, de ne pas admettre qu'en se concentrant sur l'architecture du vivant et les mécanismes délicats de pérennité de l'espèce il était passé à côté du flux sensible de l'existence. Il était resté des années dans des laboratoires, l'œil rivé à son microscope ou devant des écrans de mesure, pour tenter de décrypter le modeste bail carboné signé par l'humanité. Des périodes brèves, coincées entre deux amnésies, l'une qui précède la naissance et l'autre qui suit la mort. La vie, une goutte d'eau jetée sur une pierre brûlante, qui crépite avant de disparaître. Avait-il suffisamment pris le temps d'aimer pendant la sienne ?

— Au fond, peut-être que vous connaissez Muriel mieux que moi, reprit-il. Vous avez passé plus d'heures en tête à tête avec elle que je ne l'ai fait depuis des lustres.

Maylis préféra ne pas répondre, repensant, par exemple, à ce que Muriel lui avait révélé sur la raison de son installation dans sa région.

— À voir votre tête, j'ai l'impression que j'ai tapé dans le mille, la taquina-t-il. Je me demande si elle ne vous a pas raconté un tas de choses sur moi.

— Non.

— Allez, vous rougissez.

— Mais non. Et pourquoi vous dites toujours « Muriel » et jamais « maman » ? Je crois que je ne vous ai jamais entendu l'appeler autrement que par son prénom.

Il la toisa, amusée, se demandant jusqu'en quels retranchements elle était capable de le pousser, et choisit de répondre avec honnêteté.

— Je crois que c'est elle qui a instauré ça. Devant ses copines, à l'époque, elle aimait avoir l'impression qu'elle et moi, son petit bonhomme, on était potes. Et puis je me suis pris au jeu. Surtout, quand elle recevait des hommes à la maison. Comme il n'y en avait jamais aucun que je pouvais appeler « papa », je trouvais cela plus commode de ne pas avoir à dire « maman ». Sans père, pas de mère, c'était mon credo.

— Elle ne vous a jamais parlé de lui ?

— Non. La version officielle, c'était « inconnu au bataillon ». En gros, il y en aurait eu tellement qu'il n'y en a eu aucun.

Ils arrivèrent devant la boutique de charcuterie ibérique, prise d'assaut par les aficionados. Le tenancier activait sans relâche le volant d'une trancheuse manuelle qui débitait un jambon acajou, si dense qu'il était presque noir, laqué d'une fine sueur de gras. À chacun il proposait d'en déguster une lamelle qu'il accompagnait d'une serviette en papier pour s'essuyer les doigts.

— Pourtant il y a quatre ou cinq semaines, reprit Maxime en prenant place dans la file, j'ai cru qu'elle me disait quelque chose à ce propos. Nous étions assis dans le jardin, Muriel avait le regard braqué sur le sommet de la Rhune, les yeux incroyablement fixes. Je l'observais de profil. Elle était figée, comme une pierre issue de la montagne elle-même. Et puis, subitement, elle a émergé de cette sorte de catatonie. Elle m'a adressé un grand sourire, ses yeux se sont animés, ils ont brillé d'un éclat comme je ne lui en avais pas vu depuis longtemps, et elle a déclaré qu'elle aimait bien ma nouvelle façon de m'habiller, que le côté mal rasé m'allait bien aussi, que tout cela faisait plus moderne, que j'avais bien fait de changer... Vous imaginez ma surprise. J'étais habillé exactement comme d'habitude et ça fait dix ans que je porte une barbe de trois jours. J'ai vraiment compris qu'elle me prenait pour quelqu'un d'autre lorsqu'elle a ajouté : « En même temps tu ressembles à notre fils comme ça, avec ton air fier. » Et elle s'est mise à rire, on aurait dit une gamine. Elle a balayé l'air d'un mouvement de la main, comme pour chasser une pensée indésirable : « Tous les Russes sont les mêmes, hein ? Vous n'acceptez jamais de vieillir. » Puis elle s'est tue. Son visage s'est fermé à nouveau. C'était comme une bulle du passé qui venait de remonter à la surface. Visiblement, elle s'était emmêlé les pinceaux. Sur le moment j'ai pensé qu'elle m'avait confondu avec l'homme qu'elle pensait être mon père.

— Mais vous disiez...

— Oui, je vous ai rapporté ce qu'elle n'a cessé de me dire. C'est la seule fois où elle a laissé échapper une info différente. Au fond, elle connaissait peut-être son identité, contrairement à ce qu'elle m'a toujours affirmé. Mais comme sur la fin elle mélangeait tout, les personnes qu'elle avait rencontrées, les voyages qu'elle avait faits, j'ai pensé qu'elle pouvait aussi parfaitement avoir composé ce portrait à partir d'autres souvenirs. Et puis à quoi bon ?

— Elle ne vous a pas expliqué pourquoi elle s'était installée dans la région ?

— Non, je me le suis souvent demandé.

— Moi, elle me l'a dit.

Elle se tut, pendant que Maxime soutenait son regard, espérant qu'elle trouve la manière pour assembler les mots justes, convaincu au ton employé par la jeune femme que sa parole allait le marquer.

— Elle avait retrouvé la trace de votre père, lâcha-t-elle d'un trait. Elle savait qu'il vivait maintenant au Pays basque. C'est tout ce qu'elle m'a raconté.

Maxime accueillit la révélation avec surprise mais elle ne produisit pas l'effet escompté. Il n'avait plus l'âge où une telle information aurait pu changer la donne. Muriel lui avait toujours répété que son activité amoureuse débridée avait englouti l'identité de son père dans l'océan de ses amants et Maxime s'en était accommodé. L'homme qui l'avait engendré appartenait aux souvenirs de sa mère défunte et non aux siens.

— Alors, finalement, elle le connaissait.

Maylis acquiesça, en éprouvant pour la première fois un sentiment qui ressemblait à de la colère à l'égard de Muriel. Quelle lubie l'avait prise de lui confier une information si cruciale qu'elle ne pouvait demeurer emprisonnée dans le silence, et l'obligeait malgré elle à en être la messagère ? Une expression peinée troubla son visage et Maxime en conçut plus de déception pour elle que pour lui. Quel usage aurait-il fait d'un père arrivé des dizaines d'années trop tard ? Peut-être Muriel avait-elle eu envie de renouer avec une figure lui rappelant sa jeunesse ? De reprendre un amant ? Mais elle le lui avait tu, estimant peut-être que cela ne le concernait pas. Ce qui était une histoire de femme et d'homme ne pouvait plus en être une de père et de fils. Il se souvint de la question qu'il s'était posée dans la cave de la bergerie, un peu plus tôt. Le terme d'orphelin lui convenait. Quand on a commencé à l'être, on le reste, il n'y a pas moyen de revenir en arrière. Néanmoins, sa curiosité poursuivit le chemin que son cœur rechignait à emprunter.

— Et vous savez s'ils se revoyaient ?

— Non, ça elle ne m'en a pas parlé.

— De toute façon, maintenant, c'est trop tard, énonça-t-il, fataliste, en regardant le cabas, comme s'il s'adressait à sa mère. Mais c'est gentil de m'avoir informé. Il ne faut pas être triste.

— C'est la seule chose qu'elle m'a révélé, vous concernant, l'assura-t-elle, tandis que ses yeux scintillaient de pleurs naissants.

— Allons...

Il ne put retenir un geste en direction de la joue sur laquelle hésitait une larme et en stoppa la course du rebord du doigt.

— Pardon, je n'avais pas encore pleuré... fallait que ça sorte.

— Bien sûr, murmura-t-il en retenant le mouvement naturel qui le poussait à la serrer dans ses bras.

Maylis se ressaisit et ils parvinrent devant le commerçant au moment où celui-ci lâchait sa manivelle pour désinstaller le talon du jambon.

— Je suis à vous tout de suite, messieurs-dames, lâcha-t-il dans un souffle, laissant échapper une grimace en jaugeant la file d'attente.

Il se retourna et décrocha un jambon désossé qu'il découenna de quelques coups de lame précis avant de le trancher en deux et d'en installer la moitié la plus large sur le chariot de la trancheuse, leur présentant au passage la section luisante, parcourue de veines ivoire.

— Regardez-moi ça, comment il est persillé...

De nouveau, il actionnait le mécanisme de précision et le chariot avançait et reculait sous la lame effilée, qui libérait à chaque tour une odeur exquise.

— Combien je vous en mets ? Un kilo ? Deux ?

— Cent grammes de chiffonnade, sourit Maylis.

— Ah, bonjour Maylis ! intervint la femme qui scellait de cellophane les barquettes à l'arrière du comptoir.

— Oh, bonjour. Vous allez bien ? Et le petit ?

— Oui, oui. Il dit que vous êtes la championne du monde de la piqûre et que vous allez lui manquer.

— En général, il vaut mieux que je leur manque aux gens, ça veut dire qu'ils sont guéris.

— Goûtez, goûtez, monsieur, insista le commerçant, moi aussi je travaille dans la santé.

Je vous le dis, avec ce produit vous vivrez quinze ans de plus.

Maxime ne put retenir un sourire, qui tenait tant à son incrédulité qu'à l'ironie cruelle de la situation.

— Madame, je sens que votre mari ne me croit pas, poursuivit l'homme, en garnissant la barquette.

Maylis et Maxime échangèrent des regards gênés, mais le commerçant continua, aussi prompt à débiter ses phrases que ses jambons.

— Vous n'avez pas vu le reportage à la télé ? C'était la semaine dernière, sur la deux, ils ont donné du *bellota* à la moitié des pensionnaires d'une maison de retraite, là-bas, en Espagne. Dix grammes matin, midi et soir, pendant six mois. Et tous ceux-là ont vu leur cholestérol diminuer, par rapport aux autres qui n'en avaient pas eu. Le cholestérol anticholestérol, c'est la solution, plutôt que de prendre des médicaments, non ?

— Certainement, répondit Maxime.

Au prix où le commerçant proposait son traitement, le déficit de la Sécu n'allait pas se résorber de sitôt. Néanmoins Maxime concéda, en en dégustant une volute, qu'il n'avait jamais goûté un jambon pareil. La saveur ample détonnait avec l'extrême onctuosité de la matière. Elle procurait la sensation que la nature avait réussi à y concentrer les essences les plus pures. Des arômes de noisette dominaient, puis s'épanouissaient dans un fumet de terre et de sous-bois, qui persista bien après que le jambon eut fondu, comme pour velouter la plus amère des peines.

— Et voilà, une petite barquette. Et avec ça, messieurs-dames ?

— Ce sera tout, merci.

— Tenez, Yvonne, fit-il en passant la barquette à la femme qui la pesa.

— Ce n'est pas la peine de la sceller, madame. On va le manger en marchant, suggéra Maxime.

Maylis acquiesça avec une mine gourmande plus seyante à ses traits enfantins que la tristesse des instants précédents.

— Il est quand même unique, ce jambon, admit Maxime en suivant la jeune femme.

— C'est la voix d'une terre, répondit-elle, emplie d'une conviction qui lui conféra un caractère pareillement exceptionnel aux yeux de Maxime.

Elle capta l'éclat de son regard qu'elle prit pour de l'ironie.

— Vous vous moquez de moi...

— Pas du tout, au contraire, j'ai envie d'en savoir plus.

— C'est la vie quasi sauvage de ces cochons, leur alimentation et un affinage long et méticuleux.

Elle se saisit d'une tranche dans la barquette et la froissa entre les doigts comme pour en extraire le principe, avant de la déguster, les yeux fermés.

— Je le reconnaîtrais entre mille.

— À l'aveugle ?

— Ils ont organisé une dégustation, comme ça,

entre cinq jambons, réputés parmi les meilleurs du monde. Il y avait un bayonne, bien entendu, un d'Auvergne, un italien et un d'Europe de l'Est, je crois. Le jury avait les yeux bandés ! Évidemment, celui-ci a gagné haut la main.

— Ça explique son prix.

— Ça pourrait être pire, c'est comme un grand cru.

— Là aussi, vous vous y connaissez ?

— C'était un de nos points communs avec Muriel. On s'ouvrait une bonne bouteille de temps en temps. On commentait le vin, son côté minéral, les tanins qui fondent avec le temps, les arômes de fruits ou le boisé de la barrique, les odeurs de pain grillé. On pouvait y passer des heures...

— J'apprécie évidemment, mais je n'ai jamais versé dans cette poésie.

— Tout vient de la terre, celle que fouillent les groins des cochons, celle que traversent les racines de la vigne, celle sur laquelle on naît et on meurt. Vous ne croyez pas ?

— Si, mais moi, si j'aborde le sujet, je vais évoquer les qualités organoleptiques, identifier les molécules aromatiques. Vous citez les tanins, et moi je vous parlerai astringence, combinaison avec les glycoprotéines de la salive. Macération carbonique et macération pelliculaire... Face à son air stupéfait, il s'expliqua : en licence, on avait étudié la vinification. J'ai deux ou trois copains qui sont devenus ingénieurs à l'Inra.

— Mais quand vous buvez un vin qui vous enchante, qu'est-ce qui se passe dans votre tête ?

— J'essaie de penser moins.

— Et quand vous rencontrez une femme qui vous plaît ?

Maxime éclata de rire.

— Merci, dit-il.

— Pourquoi vous me remerciez ?

— C'est bien d'être tombé sur vous. Ça m'aide à trouver ma place dans ce qui arrive.

Au même moment, ils pensèrent tous deux à Muriel, dont l'absence les unissait.

Les étals des poissonniers étaient réunis près de l'entrée ouest, sur un sol carrelé blanc, inondé par les ruissellements de la glace. Les échos des conversations y résonnaient comme dans une piscine et il devenait impossible de comprendre une phrase qui ne vous était pas directement adressée. Une forêt de dos en mouvement se dressait face à eux, et, à peine une trouée se formait-elle, découvrant les brillances amoncelées des poissons, que de nouveaux manteaux et blousons la dissimulaient presque aussitôt.

— Je voulais vous emmener aux foies gras, dit Maylis en forçant la voix, mais c'est embouteillé ! On va passer par l'extérieur. Sauf, si vous vouliez du poisson.

— Ça commence déjà à faire pas mal, tout ça... et, franchement, je ne sais même pas ce que je vais en faire.

— Vous repartez quand ?

— Ce soir.

— Venez, on va passer par là, répliqua-t-elle comme pour ne pas laisser à la réponse de Maxime le temps de produire son effet.

Elle tira sur l'anse du cabas et il n'eut d'autre choix que de la suivre, retournant sur le parvis, où certains commerçants avaient commencé à remballer et bradaient leurs dernières marchandises.

— Oh, les amoureux, on va fermer ! Pour vous, le kilo de cèpes, je le passe de trente à quinze ! Et profitez, ce sont les premiers de la saison ! Monsieur, pour cette somme, ça vous met le repas de prince au prix d'un plat de mendiant !

Maxime hésita et Maylis lui adressa un sourire d'encouragement

— Bon, d'accord, un petit kilo...

— Si vous me prenez tout le cageot je vous le laisse à quarante euros...

— Mais il y en a combien, là ?

— Cinq ou six kilos, ceux qui sont abîmés vous les balancez.

— Qu'est-ce que je vais faire de six kilos de cèpes ?

— Des conserves ! proposa le commerçant en débarrassant le cageot de quelques champignons grignotés et noircis, qu'il jetait à même le sol.

Maylis confirma d'un hochement de tête qu'elle saurait s'y prendre, et, après que Maxime se fut délesté de ses derniers euros entre les mains du type, ils se retrouvèrent munis d'un plein cageot de cèpes qu'ils posèrent en équilibre entre les anses.

— Elle va commencer à se sentir à l'étroit.

Maylis ne put s'empêcher de lui donner un coup de coude amusé.

— Je n'ai plus de liquide, il faut qu'on passe au distributeur

— Il y en a un, juste là.

Le boulevard Victor-Hugo s'était transformé en voie piétonne à l'approche de la fermeture du marché. Les retardataires y accouraient, leurs cabas vides, comme des gueules voraces, prêtes à enfourner les dernières denrées disponibles, tandis que dans l'autre sens s'organisait la caravane des caddies bondés, les retours hâtifs de ceux qui étaient en charge de l'apéro, du déjeuner à cuisiner, sans compter la bouteille de vin à rapporter, le pain, les macarons et le gâteau basque dans la foulée. Avec les précautions requises par leur précieux chargement, Maxime et Maylis s'insérèrent dans le flot, contournant une voiture dont le conducteur avait renoncé à avancer et assistait, impassible, au passage du convoi devant son capot. Quatre personnes les avaient devancés au distributeur.

— On a de la chance, d'habitude à cette heure ils sont tous vides, commenta Maylis.

Elle se hissa sur la pointe des pieds pour observer par-dessus les épaules de l'homme en survêtement de nylon qui les précédait, lequel faisait bénéficier tout le monde de sa conversation téléphonique à propos du régime alimentaire d'un certain Sébastien. De sa main libre, il tenait en laisse un énorme berger des Pyrénées, dont la fourrure blanche avait tourné au gris en suppléant en partie à la mission des balayeurs municipaux. Allongé au pied de son maître, le molosse haletait les yeux mi-clos, la langue pendant sur ses babines noires, aussi peu concerné par l'agitation du monde que du mobilier urbain. Il sembla cependant sortir de son apathie lorsque Maxime et Maylis déposèrent leur cabas. Après avoir fouillé l'air de la truffe, il s'étira pesamment, ses griffes produisirent un bruit de racloir sur le trottoir et, en exhalant un sourd grognement, il rampa et approcha son museau rectangulaire de l'ouverture du cabas, sans même avoir à se lever.

— Hep ! Non, le chien ! s'affola Maxime, en tirant sur l'anse du sac et en reculant d'un pas.

L'animal, insatiablement curieux, se redressa de toute sa stature, élevant sa grosse gueule au niveau de la ceinture de Maxime, qui hissa le cabas jusqu'à sa poitrine, tandis que Maylis sauvait le cageot de cèpes de la renverse.

— Mais qu'est-ce qu'il a, lui ! Allez, va-t'en ! s'écria Maxime.

En guise de réponse, le chien émit un aboiement caverneux, ce qui eut pour effet de faire réagir l'homme au survêtement.

— Sébastien ! Assis !

C'était donc le nom du monstre. Comme dans *Belle et Sébastien*, sauf que c'est l'humain qui est censé s'appeler Sébastien et pas le chien. Certaines personnes devraient réduire leur dose de télévision, maugréa Maxime intérieurement, sans quitter des yeux l'animal qui, obéissant, avait pris position sur ses pattes arrière et balayait le bitume de sa queue en panache.

— Monsieur, vous pouvez demander à votre chien de reculer, s'il vous plaît ?

— Qu'est-ce qu'il y a dans votre sac ? répondit l'autre, du tac au tac.

— Comment ça ? Rien...

— Ne dites pas ça, il est plein !

— Enfin, ça ne vous regarde pas.

— Il ne faut rien lui donner à manger, il est au régime.

— Mais je ne lui ai rien donné, c'est votre chien qui est venu.

— Sébastien n'est pas un voleur.

— Ce n'est pas ce que j'ai dit...

Le chien se mit à gémir, ses yeux jaune ambre étrécis jusqu'à n'être que deux points perdus au milieu de son pelage.

— Sébastien, au pied ! Il y a un truc dans votre sac qui l'attire.

— Écoutez, on est au marché. Je ne suis pas le seul à avoir fait des courses, et...

— Je peux voir ?

— Non ! se défendit Maxime, comprenant qu'il

aurait à se méfier davantage du maître que du chien, désormais plus suppliant que menaçant.

— Ce doit être le jambon, intervint Maylis.

— Bien sûr, c'est ça, c'est le jambon ! embraya Maxime. Du *bellota*, nourri aux glands, les chiens en raffolent !

— Certainement pas, Sébastien est diabétique, c'est toujours le sucre qui l'attire. Qu'est-ce qu'il y a de sucré dans votre sac ?

Maxime ne prit pas la peine de s'interroger sur la saveur des cendres de sa mère.

— Ça va ! s'emporta-t-il. Vous êtes complètement maniaque avec votre chien, là ! Reculez, monsieur !

— Maxime, c'est bon, tempéra Maylis.

Elle voulut le prendre par le bras, mais il se dégagea, libérant les émotions contenues jusque-là, prêt à exploser devant le chien, qui pouvait désormais grogner de tout son saoul, et devant le maître, qui n'avait pourtant rien d'une brindille.

— C'est vrai, quoi, poursuivit Maxime, pour qui vous vous prenez ? Vous ne voulez pas voir mes papiers non plus ?

— Et pourquoi pas ? répliqua l'homme, qui, comme tous les querelleurs, prenait plaisir à la tournure de l'événement. Sébastien est un chien de berger, dressé à repérer les inconnus au troupeau, son instinct ne le trompe pas.

— Et moi, vous savez ce qu'il me dit, mon instinct ? Que vous êtes un chieur de première. Alors prenez vos billets au distributeur comme tout le monde et foutez la paix à ceux qui font tranquillement leurs courses ! D'accord ?

— Toi, tu me parles autrement, gronda l'homme dans une voix de basse qui se fondait avec celle de son chien.

— Je te parle comme tu me parles. Parle-moi mieux, je te parlerai mieux !

Insensiblement les deux hommes s'étaient rapprochés et n'étaient plus séparés que par le cabas, à l'intérieur duquel l'autre ne put s'empêcher de glisser un regard. Quant à Sébastien, dont l'espèce combattait autrefois les loups, il dut juger cette dispute entre hommes indigne de son glorieux passé, et se rallongea pesamment sur le trottoir. À moins que ce coup de mou ne fût lié à son diabète.

— Venez, on laisse tomber, insista Maylis en tirant Maxime par la manche.

Cette fois, elle réussit à se faire entendre et ils retraversèrent le boulevard en sens inverse, sans un regard pour le type qui expliquait à qui voulait l'entendre que les bêtes ne déçoivent jamais, contrairement aux gens.

Maxime, hors de lui, tendu, la devançait d'un pas rapide, le sac toujours blotti contre sa poitrine.

— Y a quand même de ces connards ! C'est incroyable. Non, mais vous avez vu ce type ?

— Je ne vous imaginais pas capable de monter dans les tours comme ça, s'amusa Maylis.

— Écoutez, moi, ça ne m'amuse pas ! s'arrêta-t-il brusquement. Vous avez seulement une idée de ce que je vis aujourd'hui ?

Il se retourna, les yeux enflammés, les traits bouleversés par la colère, mais face au visage désarmant de compassion de Maylis, il sentit sa fureur s'évanouir aussi subitement qu'elle était apparue.

— Oui, j'en ai une idée assez précise même, répondit-elle, calmement, en croisant les bras devant sa poitrine.

— Excusez-moi, je suis désolé, se reprit-il. Je ne voulais pas m'emporter contre vous. C'est même la dernière chose au monde que je voudrais, avoua-t-il. Puis, ressentant le besoin d'atténuer la confession d'une boutade : Quand même, cette espèce de monstre a failli bouffer ma mère.

— Oui, venez... ça va fermer.

Je connais bien ce gredin de Morlaas aussi. Impossible de faire un tour au marché sans le croiser. N'importe où en ville d'ailleurs. Lui et son chien asthénique. Il n'a rien d'autre à faire que de dilapider le tas d'argent amassé par sa famille lorsque son père, cultivateur à Espelette, a vendu ses champs de piments au promoteur d'un parcours de golf. Quant au chien, je l'ai vu bébé, une boule de neige en peluche et je peux garantir qu'il est le seul chien de berger du département qui n'a jamais vu un mouton. Par contre, il connaît chaque bistrot où traîne son maître et, dans sa capacité à guider celui-ci, lorsqu'il rentre fin saoul, il damerait le pion à bien des chiens d'aveugles. N'empêche, je ne sais pas ce qui l'attirait à l'intérieur du carrosse où je me balade et si mes cendres exercent un attrait pour les chiens gourmands mais j'aime autant rester dans l'ignorance.

En fait d'échoppe, celle de Patxi, était un vieux fourgon à ouverture latérale, qui se trouvait garé contre les marches de l'entrée ouest de la halle. Ordinairement, les meilleures andouilles, les grattons les moins gras, les madirans du château Montus et les irouléguys du domaine Brana, ainsi que de subtils foies gras d'oie et de canard se bousculaient pour figurer dans sa vitrine réfrigérée. Mais, à cette heure, tout semblait avoir été vendu. Visiblement, la fourgonnette était encore là, car elle n'avait pu quitter les lieux tant que les autres ambulants n'avaient pas plié leurs étals. À l'intérieur, un homme d'une soixantaine d'années, doté d'une abondante chevelure blanche, nettoyait la vitrine. Maylis insista du regard. À l'évidence il ne s'agissait pas du propriétaire des lieux.

— Je peux vous aider, mademoiselle ?

— Oui, bonjour monsieur, Patxi n'est pas là ?

— Eh non, il a dû passer une radio en urgence ce matin, alors il m'a confié la boutique.

— Toujours ses reins ?

— Eh oui, vous le connaissez bien ?

— Je suis infirmière, il m'arrive d'aller lui faire une piqûre lorsqu'un méchant calcul le fait souffrir...

— Alors, ce n'est pas à vous que je vais apprendre ce qu'on dit : « Coliques néphrétiques, Coliques frénétiques ! »

Maylis acquiesça en lui décochant une petite moue adorable. Pour se voir adresser la même, Maxime aurait accepté qu'un menhir vienne lui bloquer les reins.

— Il a dégusté toute la nuit, alors il m'a demandé si je pouvais le dépanner, reprit l'homme, en refermant la vitrine. Je peux quand même essayer de faire quelque chose pour vous ?

— Je voulais faire goûter le foie gras à mon ami...

— Vous avez de la chance, je ne suis pas si bon vendeur qu'il y paraît, il me reste quelques produits dans la chambre froide. Puis se tournant vers Maxime : Cru ou mi-cuit ?

Maxime interrogea Maylis du regard. Au fond, il n'avait pas de préférence, ce qu'il désirait était le foie gras que prenait sa mère.

— Mi-cuit. On ne va pas se lancer dans la cuisine, lâcha la jeune femme.

Maxime acquiesça tandis que l'homme ouvrait la porte d'une petite chambre froide, fixée à la paroi opposée de la camionnette.

— J'ai un beau morceau ici, dans les trois cents grammes. Il est parfait, rose, comme un bébé... ce sont des canards élevés en plein air sur la commune de Sarre, gavés exclusivement au maïs en grain cultivé sur la ferme. Vous allez m'en dire des nouvelles.

Maxime apprécia la densité des deux sections de lobes qu'unissait un fin liseré de graisse jaune citron, réalisant que son interlocuteur était le premier commerçant qu'il croisait ce matin dont les paroles n'étaient pas drossées par l'accent du Sud-Ouest. Cependant son élocution se nuançait d'inflexions difficiles à identifier, anciennes, comme des couleurs passées, qui n'étaient pas celles des sept provinces.

— Vous n'êtes pas d'ici, vous, affirma l'homme, en emballant le foie gras.

— Non, s'étonna Maxime, qui faillit répondre : Vous non plus.

— Alors vous ne devez pas savoir comment on dit vinaigre en basque, continua-t-il, les yeux pétillants, à la manière d'un homme qui prépare une bonne blague.

Maxime alla quérir une réponse sur le visage de Maylis, mais celui-ci s'était voilé d'un air mystérieux.

— On ne dit pas « vinaigre », on dit « vin ». Avant, c'était le même mot ! s'esclaffa l'homme. Mais c'était avant ! Maintenant nous savons vinifier. Alors avec le foie, je vous propose un pacherenc, si vous souhaitez du moelleux, ou alors on peut très bien le marier avec un irouléguy blanc un peu mature.

— Je crois que ça va aller, le remercia Maxime. Le foie gras, c'est parfait.

— Sinon j'ai autre chose qui est fabuleux, comme vous m'avez l'air d'apprécier les bons produits... C'est moi qui fournis Patxi, et il n'en a pas tous les jours. J'en ai apporté six boîtes ce matin et c'est la dernière, susurra-t-il.

L'homme exhiba avec un sourire de diamantaire une boîte ronde, plate. Le couvercle, sur lequel on pouvait lire « Or noir d'Aquitaine », arborait la silhouette d'un esturgeon en sérigraphie en rouge et or.

— Il est à quatre-vingt-quinze euros les trente grammes, chuchota-t-il, mais je vous le fais à quatre-vingt-cinq, parce que je n'ai pas envie de le ramener.

Maxime ne put retenir un sourire. Si cet homme était un piètre vendeur, alors lui n'avait jamais collé son œil à un microscope.

— Trente grammes, ce n'est pas très grave si vous le ramenez, jugea-t-il, ce n'est pas ça qui va vous alourdir.

— Ah, il me saigne ! D'accord vous m'en donnez quatre-vingts, mais c'est mon dernier prix ! Puis il s'adressa à Maylis : Mademoiselle l'infirmière, dites-lui de céder. Avec un produit comme celui-ci vous allez faire une dégustation inoubliable. Il faut manger à même la boîte pour ne pas en perdre un œuf !

— Non, vraiment, c'est gentil, monsieur. Mais j'ai beaucoup acheté, déjà...

Il se retint d'ajouter qu'il ne savait même pas ce qu'il allait faire de tout ce qui remplissait son cabas.

— Bien, j'aurai essayé, répondit l'autre, beau joueur, en remisant le caviar dans la chambre froide.

— Je vais vous régler, dit Maxime en tendant sa carte de crédit, mais le commerçant ébaucha une grimace.

— Ah, je ne la prends pas, le terminal ne marche pas depuis ce matin. Et Patxi ne m'a pas laissé de consigne. Alors chèque ou espèces s'il vous plaît.

— Chèque.

— Ça vous fera quarante-neuf euros.

Lorsque Maxime eut rempli le chèque, il le tendit à l'homme qui le parcourut du regard, et marqua un temps d'arrêt.

— Il y a un problème ?

— Maxime Detain, c'est vous ?

— Oui, vous voulez une carte d'identité ?

— Non, non, ce n'est pas pour ça. Vous êtes parent de Muriel ? Muriel Detain ?

— Oui, c'était ma mère.

— C'était ? répéta-t-il, en s'appuyant sur un des montants intérieurs du fourgon.

— Elle est décédée.

L'homme ferma les yeux. Son visage devint aussi pâle que sa chevelure.

— Quand ? Quand est-ce qu'elle est morte ? prononça-t-il d'une voix faible.

— Hier. Ça va, monsieur ?

— Il faut que je prenne l'air.

Il ouvrit le battant arrière et déploya sa haute stature en l'extrayant du véhicule. Voûté, abattu, il se rapprocha de Maxime qu'il dépassait encore largement d'une tête. À la lumière du jour, ses sourcils blancs et les mèches de ses cheveux apparaissaient teintés de nicotine, ses lèvres dessinaient un galon brun autour de sa bouche. Ses mains, aux doigts de fumeur, tremblaient légèrement. En quelques secondes, il paraissait avoir vieilli, comme si en quittant la fourgonnette il était descendu de scène et avait ôté son fard. Seuls ses yeux gris bénéficiaient encore d'une lueur, mais lointaine, celle d'une étoile perdue.

— Vous la connaissiez ?

— Oui, j'ai très bien connu votre maman... Il y a longtemps. Dans les années quatre-vingt, puis nous nous sommes perdus de vue pendant longtemps, avant de nous retrouver ici par hasard. Au marché.

Son phrasé ralentit et, à mesure qu'il semblait plonger dans son passé, son indéfinissable accent se manifestait plus précisément.

— Elle ne vous a jamais parlé d'un ami russe ?

— Jamais, répliqua Maxime sans hésiter, percevant l'infime réaction de Maylis à ses côtés.

L'homme hocha la tête, résigné. Il s'efforça de sourire.

— On se croisait encore ici, de temps en temps, on buvait un verre chez Kako, on échangeait sur le bon vieux temps. J'étais à la camionnette, le jour où votre mère a fait un malaise, l'année dernière... Je l'ai reconnue lorsque les pompiers l'ont prise en charge... Est-ce que ça avait à voir avec ce qui l'a emportée ?

— Oui.

— On s'est revus quelques semaines plus tard, et pourtant elle ne m'a rien dit. Elle a botté en touche quand je lui ai demandé des nouvelles de sa santé. Elle ne voulait jamais parler d'elle.

— Elle était secrète.

— Elle ne m'avait même pas dit qu'elle avait un fils. M'autorisez-vous à vous demander votre âge ?

— Trente-cinq.

Il sembla effectuer un rapide calcul mental et soupira.

— Nous, nous étions nés la même année, 1957. C'est ce qui nous avait rapprochés lors de notre rencontre, c'est tout bête. Et puis à Saint-Jean, je ne savais même pas où elle habitait.

Éperdu, Maxime resserra ses paumes sur l'anse du cabas. Il resta muet devant cet homme dont tout le portait à croire qu'il lui devait l'existence. En repensant à la bouteille d'yquem 1957, dont il ne questionnait plus la provenance, il se dit qu'il était trop tard pour naître, même le jour de la mort de sa mère.

— Je suis désolé, monsieur, de vous l'avoir appris de cette manière, finit-il par énoncer. Si j'avais su, je vous aurais parlé avec davantage de précautions.

L'homme fixa Maxime avec une forme d'admiration dans le regard.

— Vous portez le deuil à la slave. Je peux me permettre ?

Et joignant le geste à sa demande, il saisit les épaules de Maxime et lui donna l'accolade.

— Vous reviendrez me voir un jour avec de meilleures nouvelles, n'est-ce pas ?

— D'accord.

Puis il se tourna vers Maylis, qu'il enlaça également.

— Je ne suis pas sur le marché tous les jours, car j'approvisionne aussi Hendaye et Bidart, mais Patxi sait toujours où me trouver et vous savez où trouver Patxi, dit-il, en tapotant le flanc de la fourgonnette, comme on le fait avec un vieil animal de compagnie.

— Oui, bien sûr.

— Tenez, je vous donne ça quand même, il y a mon adresse mail avec.

Il remit à Maylis sa carte de visite, qui la glissa dans sa poche après l'avoir rapidement parcourue.

— Une dernière question, est-elle enterrée ici ?

— Non, répondit Maxime. Nous l'avons fait incinérer.

— Bien, bien.

— Au revoir monsieur.

— *Do svidaniya*. Que Dieu vous bénisse...

Autour d'eux la plupart des commerçant pliaient leurs équipements et ramassaient auvents et toiles cirées. Des cageots s'entassaient, vides, et une femme âgée équipée d'un caddie rafistolé au ruban adhésif ramassait des fruits blets et éventrés, abandonnés à même le sol. Les déchets s'écoulaient en file ininterrompue des marches de la poissonnerie. Arêtes et peau, lavées à grande eau, écailles qui réfléchissaient le soleil, maintenant à son apogée. Une voix s'écria : « Anatoly, tu peux y aller ! »

Dans leur dos, le moteur de la fourgonnette se mit à ronronner, et Maxime et Maylis s'éloignèrent sans se retourner.

— Je vais rentrer... ça commence à être lourd tout ça.

Maylis approuva, se doutant qu'il parlait du propre comme du figuré.

— Vous êtes comment ? À pied ?

— Oui.

— Si vous voulez, je vous ramène. J'ai ma voiture tout près.

— D'accord, je suis tellement vidé, répondit-il, d'un filet de voix.

— Je vais la porter.

Et elle s'empara des deux anses du cabas.

Huit ans avant de mourir, je suis allée rencontrer des familles de prisonniers basques pour un reportage sur les conditions de détention de leurs proches. À cette occasion, j'ai connu la famille Olazabal, et notamment Gorka, le roi du beignet de courgette. C'est en venant à sa rencontre au marché qu'un jour j'ai aperçu Anatoly. Je l'ai reconnu immédiatement. Lorsque nous étions jeunes, ses cheveux étaient déjà blancs et lui formaient un heaume d'argent qu'il nouait parfois en catogan. Il avait gardé une fière stature et l'âge semblait avoir eu assez peu de prise sur lui. Ce qui ne semblait pas être mon cas, car je l'ai suivi de longues minutes et approché, sans qu'il me reconnaisse. Par la suite, je me suis renseignée sur lui, ce qui ne fut pas très compliqué, vu mes nouvelles relations dans la région. Anatoly était consultant pour des entreprises d'exportation de produits de bouche raffinés, caviar et grands crus bordelais. Ce genre d'homme passe sa vie à conseiller, à inspirer, jamais dans la lumière mais présent dans toutes les ombres. Nous nous étions rencontrés en 1981, alors qu'il exerçait un poste fumeux à l'ambassade d'Union soviétique à Paris. C'était quelques mois avant l'élection de François Mitterrand, les forces de gauche étaient à la manœuvre dans toutes les strates de la société, sonnant la fin de l'ère giscardienne et, dans cette ambiance passionnée, nous nous sommes aimés pendant plusieurs semaines. Je n'ai eu que lui à cette période. Je suis absolument certaine qu'il est le père de Maxime, mais Anatoly ne l'a jamais su. Il m'a quittée brusquement après l'élection de Mitterrand, j'imagine, une fois son travail politique achevé. J'ai cru qu'il était reparti définitivement à Moscou, mais c'est lui qui m'a appris son retour en France un an plus tard, pour superviser un programme de réintroduction de l'esturgeon en Aquitaine. Acipenser Baerii, *qui, selon lui, permet de produire un caviar aussi délicat que le plus fin des bélugas. Mais Anatoly a toujours été particulièrement hâbleur. S'il n'avait été russe, j'aurais juré qu'il était italien. C'est peut-être à cause de ce tempérament qu'il s'était si bien acclimaté au Sud et vivait dans la région depuis des années.*

Dès mon retour à Paris, l'idée m'a travaillée qu'il était peut-être temps de donner un père à mon fils. Alors je suis redescendue, j'ai loué la bergerie. Au départ, je pensais ne rester que quelques semaines, le temps de découvrir qui était réellement devenu Anatoly, s'il effectuait toujours quelques tâches mystérieuses pour des commanditaires haut placés. Je l'ai finalement abordé un jour au marché où il commerçait avec différents traiteurs et lui ai demandé s'il se souvenait de moi. Évidemment, et comment aurait-il pu m'oublier? Il m'a présenté de solennelles excuses pour son comportement de goujat, comme seul un cosaque sait le faire, c'est-à-dire en se saoulant la gueule. Quelques jours plus tard, il m'a offert cette bouteille d'yquem afin de sceller nos retrouvailles. 1957, notre année commune. Nous avons donc commencé à nous revoir et sommes redevenus amants une fois ou deux. Cependant les corps ne s'emboîtaient plus aussi parfaitement. Nos mains gardaient en mémoire des sensations que nos yeux ne retrouvaient pas. Et à cinquante ans la passion n'a pas la même intensité qu'à vingt. J'ai rapidement réalisé qu'Anatoly avait perdu sa vivacité, son esprit avait tourné. Le monde, en changeant, l'avait désarmé lui aussi et j'en ai été dépitée. Je m'étais imaginé pouvoir retrouver ma jeunesse et je connaissais une seconde déception. Par contre j'avais découvert une région, et j'ai choisi d'y rester. J'ai négocié le bail de la bergerie et commencé des travaux. Anatoly et moi avons cessé à nouveau de nous fréquenter, on ne se voyait plus que de loin en loin, sur le marché. C'était devenu le seul point où nos passés se rejoignaient et pouvaient coïncider quelques minutes, parfois le temps de partager un café chez Kako, mais jamais plus. Il ne sait pas qu'il a eu un fils. Mon fils ne savait pas jusqu'à aujourd'hui qu'il avait un père. Maintenant qu'il l'a rencontré, je souhaite qu'il aille au bout du chemin et ôte le voile jeté par mon orgueil sur son existence.

Maylis roulait lentement dans la campagne. À son côté, Maxime avait fermé ses yeux et gardait la tête droite et exagérément rigide. Après un moment, elle acquit la certitude qu'il ne dormait pas, alors elle lui posa la question qui la préoccupait depuis leur départ :

— Pourquoi vous ne lui avez pas dit ?

— Elle ne lui en a jamais parlé, ce n'est pas à moi de le faire, répondit-il aussitôt sans ouvrir les yeux. Si elle avait voulu qu'il le sache, elle lui aurait dit elle-même.

— Peut-être qu'elle n'a jamais trouvé le bon moment.

Cette fois, il ouvrit les yeux et l'examina avec un sourire ironique.

— Ou alors, elle avait peut-être d'excellentes raisons. C'est peut-être un salaud.

— Il n'en a pas l'air.

— Mais ça ne vous touche pas plus que ça? s'interrogea la jeune femme.

— Écoutez, franchement, ce n'est pas le jour, répondit-il d'une voix lasse. C'est un dossier en soi...

Maylis, qui ignorait le mode de fonctionnement par étapes de Maxime, renonça à comprendre. Elle se demanda ce qu'elle aurait fait à sa place. Puis, rapidement, une autre pensée chassa celle-ci. Dans quelques minutes, ils arriveraient à la bergerie où elle sentait qu'ils se sépareraient.

— Je ne me suis jamais autant baladé dans cette ville, reprit Maxime.

— C'était votre idée, non? Lui faire faire le marché une dernière fois.

— Oui, je suis content. Plus en paix que ce matin. Je n'ai pas eu souvent l'occasion de faire quelque chose de bien pour ma mère, et là, je crois qu'elle aurait apprécié.

— Vous vous êtes incroyablement occupé d'elle toute l'année. Je peux vous le dire, j'en vois des malades et des familles de malades.

— Oui, je suis venu quand j'ai pu, mais franchement je détestais ces trajets. Prendre le train, la retrouver plus diminuée que la fois précédente.

Maylis se remémora combien elle attendait que cet homme maintenant assis à ses côtés vienne, et la joie qu'elle éprouvait lorsque Muriel lui annonçait son prochain retour.

— La dernière fois qu'elle a pu me parler au téléphone, se souvint-il, elle m'a dit : « Dépêche-toi. » Elle savait que la fin était proche. Je n'aime pas cette ville, cela me rappelle tout ça.

— Le marché ne vous a pas un peu réconciliés ?

— Un peu, mais pas suffisamment.

— Vous reviendrez ici ? demanda-t-elle, en appréhendant la réponse.

— Je ne crois pas. Si je peux, j'attraperai un train ce soir.

Ils étaient arrivés devant le bosquet de lilas blanc. Maylis ne coupa pas le moteur. Le temps d'un dernier échange était venu. Et quoi qu'elle ressente, elle savait qu'elle ne révélerait pas ses sentiments à Maxime. Il y avait trop de docilité, d'acceptation, en elle. Elle savourait la pensée d'avoir partagé ce moment rare, arpenter le marché en sa compagnie et celle des cendres d'une femme qu'elle respectait infiniment. Ce qu'ils venaient de vivre participait d'une telle intimité et démontrait une telle confiance de la part de Maxime, qu'elle espérait s'appuyer dessus pour entamer le nécessaire et difficile processus du détachement.

— Ça vous embête de m'accompagner à l'intérieur ? demanda-t-il, j'ai une dernière chose à vous montrer.

— Pas du tout, répondit-elle, en ôtant aussitôt la clé de contact.

Elle le rejoignit hors de la voiture, et, comme il lui proposait à nouveau d'attraper une anse du cabas, elle s'en empara avec plaisir, traversant en sa compagnie, à pas lents et mesurés, la voûte parfumée de lilas.

— Vous avez pris une décision pour les cendres ? demanda-t-elle, supposant que la proposition de Maxime s'inscrivait dans la continuité de leur tour de marché.

— Pas du tout.

Dans la maison, ils posèrent le cabas sur la grande table en bois et sortirent l'ensemble des commissions, déposant les denrées d'un côté, et l'urne, que Maxime remit à la verticale, de l'autre.

— Vous m'excusez une seconde ?

Il disparut dans la chambre d'amis, puis revint rapidement vers elle.

— Tenez, c'est pour vous.

Il tendit la main et lui présenta la bague en ajoutant :

— Muriel avait l'intention de vous la donner. Alors, voilà, dit-il avec une grande gentillesse.

Maylis resta interdite, contemplant le bijou qui brillait sur sa paume, sans esquisser le moindre mouvement.

— Je vous en prie, insista-t-il.

Mais Maylis était incapable de prendre la bague, tétanisée, ses pensées bousculées suggérant tant de conduites contradictoires, exulter ou pleurer, accepter le cadeau ou le refuser, embrasser cet homme, se jeter à son cou, ou plutôt lui tourner le dos avant de se ridiculiser. Elle fut prise de frissons, comme si elle ne pouvait à la fois contrôler l'impétueux besoin d'amour qui colonisait son esprit en lieu et place de la gratitude, du respect, ainsi que d'une certaine forme de civilité, et dominer son corps.

Alors Maxime se saisit de sa main pour y déposer la bague, et le diamant opéra tel un catalyseur, les précipitant l'un vers l'autre. Rien ne put empêcher leurs mains de s'agripper, leurs bassins, leurs torses et leurs bouches de se rencontrer. Leurs premiers baisers s'échangèrent au milieu du souffle haletant des désirs exaltés. Qui avait pris l'initiative ? Plus tard ils se poseraient sans doute la question, mais la seule réponse valable serait qu'ils étaient arrivés, ensemble, à la fin du même trajet. Maylis, toute docilité envolée, repoussa Maxime contre la table et défit sa ceinture, commença à le dévêtir, explorant le corps qu'elle avait maintes fois imaginé nu. Elle vibra sous ses premières caresses, ses sensations exacerbées par l'attente interminable. Elle l'accompagna lorsqu'il fit remonter le débardeur contre ses flancs, unit ses bras au-dessus de sa tête en un geste d'abandon, découvrant sa poitrine où il enfouit son visage.

— Attends, attends..., murmura-t-elle, dans un sursaut.

— Quoi ? On va trop vite ? souffla-t-il, marqué d'une telle déception qu'il en était comique.

— Non, dit-elle, en l'embrassant et en posant sa paume sur sa joue, mais j'ai tellement couru ce matin... ça me gêne, je pourrais prendre une douche, d'abord ?

— D'abord tout ce que tu veux, du moment qu'il y a après, sourit-il, en répondant à son baiser et en effleurant le bout de ses seins, comme pour leur signifier qu'il les quittait à regret. Tu sais où c'est ?

— Oui...

Elle se détacha de lui, à moitié défaite, infiniment désirable, et trottina jusqu'à la salle de bains, sous son regard conquis. Resté seul, il mit quelques secondes à comprendre ce qui était en train de se produire, envahi de la sensation à la fois la plus mélancolique et la plus stimulante qu'il ait jamais ressentie. Il entendit l'eau ruisseler contre les parois de la cabine de douche. Alors, il s'empara de l'urne et la porta près de la cheminée, manière de mettre sa mère à l'abri de son regard, et par la même occasion de se cacher d'elle. Car la seconde suivante il finit d'ôter ses vêtements, puis, intégralement nu, se dirigea vers la salle de bains, dont il franchit la porte.

Qui n'a jamais agité les jambes, en rêvant qu'il courait ? Écarté les bras en rêvant qu'il volait ? La nuit de l'accident, mon esprit cadenassé s'est échappé librement dans les paysages de mon sommeil. L'aptitude au songe reste l'ultime ressource de l'homme, aussi amoindri soit-il. Un chat miaule en rêvant à l'oiseau qui le nargue depuis la branche, un chien agite ses pattes en courant après une balle, l'enfant, dans le ventre de sa mère, bien avant d'être né, rêve déjà. Le rêve précède la pensée et je me demande, à présent, s'il ne lui survit pas ? Les rêves sont les accolades de la vie et l'existence le temps qu'elles contiennent. De cet état second, cette nuit-là, me sont venues des forces qui m'avaient depuis longtemps quittée. Dans mon rêve, j'offrais le bijou à Maylis, ainsi que je m'en étais fait le serment. Cette répétition imaginaire m'a donné la force de me lever dans un demi-sommeil, alors que je n'y parvenais plus depuis plusieurs jours déjà. J'ai ouvert le tiroir de la table de nuit et me suis emparée de la bague, avant de chanceler, que mes jambes ne se dérobent et que je n'entraîne la lampe dans ma chute. Après m'avoir découverte, Maylis a alerté les secours et le médecin du SMUR a retrouvé la bague dans mon poing contracté. Tout avait pris feu, mais jamais je n'avais lâché le bijou, même au plus fort de mes brûlures. Le médecin l'a remis à la surveillante du service, qui l'a rendu à Maxime, qui vient de l'offrir à Maylis. Au bout du compte, toute cette histoire n'aura constitué qu'un détour dans l'accomplissement d'une promesse. Et tout est rentré dans l'ordre. Enfin, manière de parler, quand on voit l'effet produit sur ces deux jeunes gens. Sur le moment, j'en ai conçu une forte gêne et j'ai regretté de ne pas être restée cachée au fond du cabas, parmi les légumes, mais maintenant que tout ceci trouve à s'accomplir dans la salle de bains, je leur suis reconnaissante de s'aimer enfin.

Ils se réveillèrent au milieu de l'après-midi, âmes et corps fourbus, au milieu d'un lit qui leur parut à tous deux étranger. Puis ils réalisèrent qu'ils étaient dans la chambre d'amis de la bergerie, et leur revint l'ensemble des événements des dernières heures. Maylis se blottit contre Maxime. Elle observait son visage, craignant d'y découvrir une trace de regrets ou d'y lire qu'après avoir abdiqué face au désir chacun devrait bientôt reprendre sa place. Mais rien de cela. Au contraire, une infinie douceur dans le regard, le lent et régulier passage de sa main dans son dos, en un geste de familiarité rassurante.

Lui avait émergé d'un profond sommeil réparateur, un peu plus tôt qu'elle, mais il n'avait pas bougé, ne voulant pas risquer de désunir le merveilleux et fragile spectacle d'une amante effrontée qui avait recouvré le visage de l'enfance sitôt endormie.

— C'était génial, dit-elle, car elle estimait nécessaire qu'il l'entende avant d'avoir à prononcer des mots définitifs.

Après, ce serait comme essayer de le convaincre ou de l'influencer. Dans le même temps, elle réalisa qu'elle n'était pas passée au cabinet et avait oublié de prévenir Katia, mais son être était saturé d'un bonheur ineffable qui le rendait indifférent au quotidien.

— Plus que ça, répondit-il. Puis, après un court instant, il ajouta : Tu sais, j'ai pris une décision.

Le cœur de Maylis battit si fort dans sa poitrine qu'il aurait pu le sentir au travers de son propre torse, s'il n'avait pas lui-même été tout entier absorbé par sa résolution.

— Je voudrais répandre ses cendres dans l'océan. C'est ce qui correspond le mieux à Muriel. Je me suis dit que, peut-être, comme ça, elle voyagerait vers Christina.

Maylis approuva silencieusement, laissant glisser son regard sur la bague qu'elle avait passée après qu'ils se furent aimés, et dont elle connaissait, maintenant, l'origine. Elle comprit, à la tournure des propos de Maxime, qu'il requérait un avis ou une forme de conseil sur l'objectif qu'il venait de se fixer et s'en sentit honorée.

— Mon frère a un bateau au port. Un vieux voilier qu'il me prête quand je le lui demande... Je peux l'appeler, je ne pense pas qu'il s'en serve aujourd'hui, et si tu veux, je t'emmène au large.

Elle lut dans son regard qu'il acceptait sa proposition avant qu'il ne le formule, qu'il avait même, certainement, anticipé quelque chose de cette nature, ou au minimum qu'ils trouveraient le moyen de disperser les cendres ensemble. Tous deux pensaient à cette journée folle, à ce qui leur arrivait, mais n'osaient pas l'énoncer.

— Combien de temps il te faut pour être prête ?

— Une heure à peine.

— OK. On se retrouve dans une heure sur le port.

— Tu ne veux pas que je t'emmène ?

— Non, il faut que je mette de l'ordre ici... et dans ma tête aussi, ajouta-t-il en souriant. Je te rejoins.

Il consulta sa montre.

Maylis quitta le lit sans se retourner, les propos qu'il avait tenus dans la voiture résonnaient dans son esprit à la manière d'une sombre prédiction : « Si je peux, j'attraperai un train ce soir. »

J'ai pris l'avion des milliers de fois, emprunté toutes sortes de trains étranges et inconfortables, roulé à bord des voitures les plus luxueuses comme des guimbardes les plus décaties, pagayé, rejoint des îles en hors-bord, mais un vrai voilier, jamais. C'est tout de même incroyable, il m'aura fallu attendre d'être morte pour embarquer. Maylis m'avait parlé de ce bateau, racheté par son frère aux Antilles. Entièrement en bois, un bateau de gitan, comme elle disait, construit par son premier propriétaire pour faire le tour du monde dans les années soixante-dix, et qui s'était arrêté sur une plage de Saint-Barth', à la première jolie fille rencontrée par l'aventurier. Elle m'avait promis de m'emmener avec elle, un jour, quand j'aurais à nouveau le pied marin. Un de ces serments contractés parce qu'ils adoucissent l'heure où on les prononce, mais dont on doute qu'ils s'accomplissent jamais.

Maylis se tenait prête à appareiller sur le bateau de son frère, un dériveur de trente-six pieds dont la coque était en chêne et le roof en acajou, ce qui le différenciait des dizaines de voiliers en résine appontés autour de lui, tous immaculés et uniformes. Équipé d'une éolienne et de panneaux solaires, il avait tout à la fois l'air de surgir du passé et d'en remontrer en modernité aux autres navires de plaisance. Personne ne pouvait marcher sur le ponton sans l'observer avec une curiosité teintée de respect, car de toute évidence il avait sacrément bourlingué. Elle s'était changée et avait enfilé un jean, ainsi qu'une fine polaire qu'elle portait à même la peau. Après les trois digues qui barraient la baie commençait l'Atlantique et la température fraîchissait de plusieurs degrés. Elle vérifia l'équipement de sécurité, le navire était peu sorti au printemps et la police avait une fâcheuse tendance à se faire la main avant l'été en multipliant les contrôles inopinés. À plusieurs reprises, elle quitta le bord pour remonter à quai, guettant l'arrivée de Maxime, à qui elle avait précisément expliqué l'emplacement du bateau, mais il avait maintenant près d'une demi-heure de retard. La météo s'annonçait calme. Cependant, en navigatrice expérimentée, Maylis se méfiait des emportements subits du golfe de Gascogne, même si elle n'aimait rien autant que le calme intérieur qu'elle découvrait au milieu du tumulte, celui de l'air à l'assaut des voiles et de l'eau qui bat contre la coque. Finalement, au moment où ses doutes reprenaient le dessus, où elle s'efforçait d'admettre que Maxime ait pu changer d'avis et pris place dans le train de dix-sept heures, elle reçut un texto dans lequel il lui demandait de l'excuser pour son retard : il serait là d'ici une dizaine de minutes.

Elle retourna à bord, aussi fébrile qu'une enfant, tourna la clé de contact du moteur pour vérifier qu'il démarrait et l'éteignit aussitôt, contrôla la jauge de gazole, rangea les cartes marines qui traînaient dans le carré, puis, presque en s'en défendant, alla jeter un œil à la cabine avant qui épousait la forme triangulaire de la proue. Leur union de l'après-midi lui avait laissé un sentiment exquis au centre du ventre, qu'elle espérait voir se reproduire. Elle n'avait jamais fait l'amour à bord de ce bateau, c'était même la première fois qu'elle embarquait, seule, avec un homme autre que son frère. Mais peut-être devait-elle désormais considérer sa vie comme ce navire lui-même, qui à défaut d'être barré avec habileté, était menacé d'échouage. Trop de choses lui avaient échappé à cause des barrières qu'elle avait pris l'habitude d'ériger contre ses propres inclinations. Elle avait évoqué ce travers avec Muriel. La mère de Maxime l'écoutait avec un sourire attendri. Elle, si mystérieuse et secrète, et continuellement fidèle au cap de ses désirs, lui conseillait de n'en faire qu'à sa tête, le plus souvent possible. Ainsi, après avoir retourné et épousseté le matelas, en reprenant pied dans le cockpit, Maylis se sentit forte d'un héritage, celui que d'une certaine façon Muriel lui proposait. Une invitation à entrer dans sa nouvelle existence.

— Maxime !

Celui-ci remontait le quai d'un pas vif, qui contrastait avec la rigidité du bras qui tenait le cabas, désormais anobli. Lui aussi s'était changé. Il avait abandonné son costume sombre pour un jean et un blouson en cuir, apparemment neuf. Il emprunta la passerelle en direction du bateau et, parvenu au bastingage, lui tendit le cabas. Elle s'en empara avec précaution, avant de lui proposer sa main pour l'aider à monter.

— Bienvenue à bord, annonça-t-elle, en conservant quelques instants sa paume dans la sienne.

— Capitaine, il est magnifique ce bateau.

Il l'attira à lui et l'embrassa longuement, puis toujours contre elle, courbé, huma pleinement le parfum de sa chair délicieuse. L'un comme l'autre ravivaient, à ce contact, le souvenir de leurs corps mêlés.

À marée descendante, la sortie du chenal s'effectua entre les deux digues, marquées à mi-hauteur par une ligne d'étale verte et imprécise. Debout, à côté de Maylis qui barrait, Maxime observait les murailles de granit, dont les arêtes semblaient onduler dans le ciel uniformément bleu, comme soumises elles aussi aux mouvements sous-marins. La houle ample et calme soupesait l'étrave à chaque vague avant de la laisser retomber sur une table d'écume. Tôt ou tard, se dit-il, ce qui vient de la main de l'homme est englouti, l'océan n'est jamais pressé.

— En combien de temps on sera au large ?

— Une heure ou deux, pas plus. Il n'y aura personne. Les pêcheurs sont rentrés, et il y a encore peu de plaisanciers. On passera à la voile après les bouées.

Maxime acquiesça, puis s'assit sur une des banquettes du cockpit et ouvrit le cabas, dont il sortit l'urne, mais aussi la bouteille de château d'Yquem, ainsi que le foie gras d'Anatoly et une miche de pain de mie.

— On avait pensé à tout sauf au pain.

— Fais voir cette bouteille.

Elle regarda longuement l'étiquette avant d'élever la bouteille face au soleil.

— Incroyable, cette couleur, on dirait de l'ambre...

— C'était l'année de naissance de ma mère.

— On ne va pas boire un vin pareil, dit-elle, incrédule.

— Si on va le boire, c'était un des souhaits de Muriel. Une des rares volontés qu'elle ait émises clairement. Puis il s'interrompit : Merde, je n'ai pas pris de tire-bouchon.

— J'en ai dans le carré. Les feux de détresse sont périmés, mais le tire-bouchon est impeccable. Il y a de vrais verres aussi. Mon frère a acheté ce bateau d'occasion aux Antilles et on l'a ramené ensemble, je peux te dire qu'il a été proprement baptisé.

— C'est lui qui t'a appris à naviguer ?

— Non, c'est moi qui lui ai appris. Il y a de bonnes écoles de voile ici. Et quand j'étais ado, j'allais en stage aux Glénans tous les étés. Lui, il a signé le chèque, moi j'ai skippé.

— Ah, OK...

— Ça t'étonne ?

— Oui, reconnut-il. Ça te surprend que ça m'étonne ?

— Non. Le vrai mystère de la vie, c'est : « Pourquoi les femmes aiment-elles les machos ? »

Il préféra retenir qu'elle avait utilisé le verbe « aimer » et balaya « macho » d'un sourire ravi, avant de pénétrer à l'intérieur du bateau pour le visiter.

Dans l'étroit habitacle, couvert de boiseries, il prit conscience de la forme extrêmement effilée du bateau. Son regard fut attiré par un petit rectangle blanc, au centre de la table à cartes. Avant même de s'en emparer il sut qu'il s'agissait de la carte de visite remise par son père à Maylis, et comprit qu'elle l'avait déposée là à son intention.

Sans pouvoir s'expliquer les véritables raisons du silence maintenu par sa mère tout au long de sa vie, il préféra retenir qu'avant de partir elle avait tenté de lui donner les moyens de lever le secret. D'abord en s'en ouvrant à Maylis et, de ce point de vue, leur rencontre lui paraissait doublement providentielle. Puis en évoquant le « Russe » dans une conversation, qui n'avait peut-être pas surgi, comme il l'avait d'abord cru, de son esprit confus, mais au contraire du dernier et lointain refuge de sa raison. Une ultime parole d'adieu, imprégnée du chaos qu'elle avait dû traverser pour parvenir jusqu'à lui. Alors il lut la carte de visite et l'empocha. Maintenant, il connaissait le nom de son père.

Maylis barrait depuis deux heures lorsqu'elle estima qu'ils étaient parvenus à destination. Maxime s'était glissé entre son dos et le plat-bord arrière, et l'enlaçait. Ils avaient peu parlé durant cette navigation qui avait effacé progressivement les contours des côtes, présentant leur visage au vent, lequel se chargeait d'entraîner leurs pensées dans ses risées.

— Ici ? questionna-t-elle.

Il tourna la tête à droite, à gauche. Aucune voile, aucune terre, du bleu partout autour d'eux.

— On est loin ?

— Une dizaine de milles. Pas loin de vingt kilomètres.

— C'est parfait.

— Je vais empanner... tu vas m'aider.

— Je n'y connais rien.

— Première leçon de voile, tenir la barre bout au vent.

Elle poussa la barre à tribord de quelques degrés, le bateau pivota et vint se mettre face au vent. Aussitôt les voiles se dégonflèrent et se mirent à faseyer bruyamment, comme si le vent cherchait à retrouver une prise en secouant le tissu d'un côté et de l'autre.

— Tu gardes ce cap, d'accord ? dit-elle, en lui prenant la main et la posant sur la barre. Tu vois le compas ? Tu restes exactement sur quarante, le temps que j'affale.

— Affale ?

— Je vais descendre les voiles, si tu redonnes prise au vent pendant la manœuvre, elles vont se gonfler à nouveau et j'ai une bonne chance de me prendre une claque et de finir à la mer. Tu vas y arriver ?

— Faudra bien. Je n'ai pas vraiment envie de me retrouver seul à bord...

— Je commence par la voile avant, le génois.

Elle se leva et fila sur le pont, leste et agile, nullement perturbée par le roulis qui avait tendance à s'amplifier à mesure que le bateau perdait de la vitesse. Maxime, avec une application d'écolier, s'efforça de maintenir le cap, le regard sautant du compas à la proue du bateau où Maylis se détachait face au soleil, silhouette incandescente sur le fond blanc des mètres carrés de toile qu'elle enroulait et ramenait contre le bastingage. En deux minutes de gestes précis et rapides, l'opération fut terminée, le génois roulé et sanglé à tribord, et elle revint vers lui, atterrit dans le cockpit avec un air espiègle.

— Parfait ! le complimenta-t-elle. La grand-voile, maintenant. Leçon deux, laisser filer le bout, sans se brûler.

Elle fouilla dans un coffre logé sous la banquette latérale et en sortit une paire de gants en cuir, qu'elle lui fit signe d'enfiler.

— Et comment je tiens la barre ?

— De l'autre main.

Tandis qu'il s'exécutait, elle débloqua la drisse de grand-voile de son taquet, et la lui confia.

— Tu retiens et tu relâches au fur et à mesure que je te le demande. Attention de ne pas laisser filer.

Elle borda au maximum la grand-voile qui s'aligna exactement dans l'axe du bateau.

— Allez, vas-y, donne du mou... cinquante centimètres !

Maxime obtempéra, laissant filer le nylon dans sa main gantée. La grand-voile glissa le long du mât de la même longueur et Maylis récupéra une partie de la toile qu'elle replia contre la bôme.

— Encore !

Maxime avait compris la manœuvre et la répéta à plusieurs reprises, amenant le silence à bord à mesure que la surface de voile diminuait et se remisait entre les mains agiles de sa compagne.

— La barre ! Attention ! cria-t-elle, alors qu'il relâchait légèrement son attention.

Quelques degrés d'inclinaison suffirent pour que le vent s'engouffre dans la grand-voile et la gonfle. Maylis baissa la tête, tandis que la bôme sabrait l'air, atteignant violemment le bout de course à bâbord, manquant de peu de la heurter.

— Merde ! paniqua-t-il. C'est dans quel sens ?

Le bateau commençait à virer. Maylis se précipita à la barre et redressa le bras de Maxime. Il voulut s'excuser, mais elle était déjà repartie, la voile faseyant à nouveau, lui indiquant de relâcher encore du mou.

— Comment tu fais ça toute seule ?

— Question d'organisation, répliqua-t-elle, l'air concentrée, tout en repliant l'affalement suivant.

À la fin, elle sangla la voile autour de la bôme au moyen de sandows, puis lui présenta la paume de sa main, pour un *check* de victoire.

— Mis à part que tu as failli m'assommer, c'était un bon début, lui assura-t-elle, en lançant l'ancre flottante par-dessus bord. Voilà, maintenant on est tranquilles pour un moment !

Elle se tut, et Maxime réalisa qu'ils n'étaient plus accompagnés dans leur lente dérive que par le clapotis des vagues contre la quille. L'océan, vers l'ouest, où le soleil les précédait dans sa course, vibrait telle une nappe d'argent, tandis qu'à l'est, en direction de la côte à présent invisible, il se teintait du bleu profond du ciel.

— C'est chouette, ici.

— C'est le chemin de l'Amérique.

Maylis enfonça soigneusement l'hélice de métal dans le liège et exerça une force régulière pour extraire le bouchon de la gangue de verre qui l'enserrait depuis plus d'un demi-siècle. À peine l'ouverture fut-elle opérée que des parfums de caramel et de fruits confits s'échappèrent du flacon et diffusèrent sans difficulté dans l'atmosphère iodée. Lorsqu'elle inclina la bouteille, le vin se répandit lourdement, telle une liqueur, dans les deux verres. Maxime leva le sien à la lumière, laissant le soleil chatoyer et dessiner fugacement des lueurs d'or dans le cuivre du nectar. Il observa la viscosité du breuvage patiné par les ans, ayant du mal à se figurer que les nobles grappes, triées et vendangées une à une, l'avaient été l'année ou Muriel était venue à la vie.

— C'est magnifique, dit-il, sans encore oser porter le verre à sa bouche.

— Avant ou après ? demanda Maylis.

— Après, je crois.

— Je vais ouvrir le foie gras.

Elle déballa le mi-cuit et coupa quelques tranches de pain avec l'Opinel de la cambuse.

Maxime s'empara de l'urne et la descella, découvrant la poussière grenue, qui lui rappela du sable de lave. Sa mère, devenue île volcanique, il lui revenait de la rendre à l'océan pour qu'elle s'y dissémine en une constellation de territoires. Muriel avait parcouru la planète et s'en allait désormais, revêtir d'innombrables formes, dans une exploration sans retour et sans autre fin que celle du monde. Il était, à cet instant, empli du sentiment qu'il avait agi du mieux qu'il avait pu.

— À tribord, murmura derrière son épaule la présence si bienveillante de Maylis.

Alors il avança jusqu'au bastingage, face à l'immense étendue scintillante et, saisissant l'urne, la renversa, confiant aux vents de terre le soin de porter le nuage en direction du large. En observant la poussière se confondre avec le miroitement, il prononça ses adieux :

— On a passé une bonne journée, maman.

Et sa voix se mua en sanglots.

Ensuite, ils accomplirent la volonté de Muriel en découvrant l'extraordinaire goût du sauternes dont le sillon se grava dans leur mémoire si profondément, qu'il y resterait jusqu'à leur propre extinction. La mère de Maxime, dont le collier de souvenirs s'était peu à peu défait de ses perles, leur avait transmis un échantillon d'infini, et lorsque le soleil commença à décliner sur l'horizon, et que la bouteille fut vide, l'ivresse subtile qui les habitait était tout simplement celle d'une nouvelle liberté.

— Es-tu obligée de rentrer ? interrogea Maxime.

— Non.

— Je veux dire, on peut rester en mer cette nuit, par exemple ?

— Ici, ce n'est pas prudent, la météo peut changer. Mais on peut rejoindre l'Espagne assez vite. Sur la côte, il y a des criques un peu partout où on peut mouiller. On y sera en trois heures.

— Ça va pour toi ?

— Carrément.

Avant de quitter la bergerie, Maxime avait appelé Elena et lui avait annoncé sa décision de rompre. À son étonnement, celle-ci avait accueilli la nouvelle avec calme. Elle l'avait sentie venir depuis un moment, son refus de la laisser l'accompagner à Saint-Jean ayant achevé de conforter sa conviction. Elena avait malgré tout formulé sa proposition de vivre ensemble, dans l'espoir de le faire hésiter, ce qui avait échoué. Alors qu'elle lui demandait quand il remonterait à Paris, il répondit qu'il avait pris la résolution de rester ici pour quelques jours.

Maxime repensa à cette conversation qui lui semblait appartenir à un passé lointain, ses protagonistes directement surgis de l'année qui venait de s'écouler, lestée de douleurs et d'angoisse.

Maintenant cela devait se dérouler ailleurs, droit devant.

Maylis avait hissé l'ancre flottante et commença à libérer la grand-voile, détachant chaque sandow d'un geste précautionneux, son beau visage imprégné d'un élan vital.

— Tu m'apprendras à barrer? lui demanda-t-il.

Les voiles du navire s'emplissent de l'air tiède de mai et la coque glisse à la surface de l'océan au sein duquel je me dissipe. Ce qui me liait si fortement à Maxime n'a plus de raison d'être. Il vogue vers la nouvelle partie de sa vie, je peux m'abandonner aux courants.

Bientôt, seule une toile blanche affleura à la courbe de l'horizon.

Ma parole se perd dans les profondeurs et vient le temps du silence. Le silence qui fusionne les absences de la vie avec celle de la mort.

Et puis plus rien.

La photocomposition de cet ouvrage
a été réalisée par
GRAPHIC HAINAUT
30, rue Pierre Mathieu
59410 Anzin

Imprimé en France par CPI
en septembre 2017

N° d'édition : 56591/02
N° d'impression : 143525